CUANDO EL HOMBRE JOVEN ES TENTADO

PUREZA SEXUAL PARA LA JUVENTUD
EN EL MUNDO REAL

BILL PERKINS
Y RANDY SOUTHERN

La misión de Editorial Vida es ser la compañía líder en comunicación cristiana que satisfaga las necesidades de las personas, con recursos cuyo contenido glorifique a Jesucristo y promueva principios bíblicos.

CUANDO EL HOMBRE JOVEN ES TENTADO
Edición publicada en español
Por Editorial Vida – 2009
Miami, Florida

Originally published in the USA under the title:
When Young Men Are Tempted: Sexual Purity for Guys in the Real World

Published by permission of Zondervan, Grand Rapids, Michigan

Traducción: *Esteban Obando*
Edición: *Eliezer Ronda / Silvia Hlmitian*
Diseño interior: *Good Idea Productions, Inc.*
Diseño de cubierta: *Grupo Nivel Uno, Inc.*

ISBN: 978-0-8297- 5362-2

CATEGORÍA: JUVENIL NO FICCIÓN / Temas sociales / Noviazgo y sexo

IMPRESO EN ESTADOS UNIDOS DE AMÉRICA
PRINTED IN THE UNITED STATES OF AMERICA

09 10 11 12 13 ❖ 7 6 5 4 3 2

CONTENIDO

CAPÍTULO UNO

ENTENDER POR QUÉ LAS MUJERES DESNUDAS SE VEN ¡TAN BIEN!

¿Se imaginan cómo sería la reacción de las chicas si en realidad se dieran cuenta de cómo las miran los chicos?

—David A.

No sé por qué la gente se incomoda tanto con el tema de la desnudez. Así fue como Dios nos creó. Yo creo en «si lo tienes, muéstralo». Me refiero a las mujeres, desde luego.

—Geoff V.

Pienso mucho en las chicas. Y realmente quiero decir ¡mucho! Casi en todo momento. ¿Tendré algún problema?

—Viconto

La idea de escribir este capítulo me vino a la mente un viernes por la noche cuando me encontraba cambiando el sistema de riego de mi jardín. Mientras atravesaba el patio trasero, me di cuenta de que las luces de la casa de mi vecino estaban encendidas. Me llamó la atención y me pregunté por qué mis vecinos permanecerían levantados hasta tan tarde, así que me aproximé y miré a través de la cerca. Esperaba ver un grupo de personas jugando cartas alrededor de una mesa, o algo así. En lugar de eso descubrí a una joven y bella mujer sentada en el sofá hablando por teléfono. Nada por lo que alarmarse ¿verdad? **¡Mentira!**

La mujer estaba desnuda.

Al instante mis ojos se fijaron en ella. Un flujo de adrenalina subió por todo mi cuerpo. Mi corazón empezó a palpitar muy fuertemente. Mi respiración cambió y se tornó silenciosa. El mundo a mi alrededor parecía desvanecerse mientras mis ojos contemplaban esa visión inesperada que se hallaba ante mí.

Después de contemplarla por algunos segundos, me las ingenié para alejarme de esa cerca. Mientras caminaba de regreso a casa un poco asustado y con mucha curiosidad, no tanto por la mujer sino por mí mismo, una pregunta rondaba en mi cabeza: *¿Por qué tuve semejante reacción al ver el cuerpo de una mujer? ¿Por qué la belleza de su desnudez me había afectado tan fuertemente?*

Tal vez hayas tenido una experiencia similar, tan accidental y furtiva como esta. O quizás tu primer exposición a la desnudez femenina haya provenido de hojear una revista, o de navegar en algún sitio para adultos en Internet, o de ver alguna película en el cable a altas horas de la noche.

Cualquiera haya sido tu experiencia, apuesto a que recuerdas perfectamente cómo reaccionaste ante ella. La pregunta es: *¿Por qué reaccionaste de esa forma?* ¿Qué es lo que tiene una mujer desnuda que le impide a un muchacho actuar dentro de sus cabales? ¿Qué es lo que provoca que de repente todo lo demás carezca de interés e importancia?

Esas son las preguntas en las que me voy a enfocar en este primer capítulo. Una vez que entendamos *por qué* reaccionamos como lo hacemos, podremos explorar saludablemente las maneras que Dios tiene para tratar con nuestros sentimientos e impulsos sexuales de modo que le resulten agradables.

UNA OBRA DE ARTE

La primera y más obvia razón por la que los hombres reaccionamos tan intensamente al ver una mujer desnuda es porque el cuerpo de una mujer es una obra de arte. Podemos decir que es la obra maestra del mejor de los Artistas. Génesis 1 nos cuenta que Dios creó el universo, la tierra y todos los seres vivientes en seis días.

Génesis 2:21-22 nos dice que Dios hizo caer a Adán, el primer hombre, en un sueño profundo. Mientras Adán dormía, Dios se dispuso a trabajar en la última obra de la creación: la mujer. Con una perfecta precisión y magistral cuidado, Dios diseñó sus ojos, su nariz, sus labios, su piel, sus pechos, su cabello y su… bueno, ya captaste la idea ¿no? Cuando Adán finalmente despertó, el trabajo de Dios estaba terminado.

En la historia de la humanidad ha habido muchos descubrimientos trascendentales: Cristóbal Colón descubrió el nuevo mundo, Ben Franklin descubrió la electricidad, cierto individuo llamado Reese descubrió que el chocolate y la mantequilla de maní saben muy bien juntos. Sin embargo, ninguo de ellos se puede comparar con el descubrimiento que Adán realizó ese día al despertar. De pie frente a él se encontraba, en todo su esplendor, la obra más reciente de Dios: la mujer.

¡Y estaba desnuda!

La Biblia no nos dice cuál fue la reacción de Adán ante tan maravilloso descubrimiento, pero siendo hombres, ya podremos imaginar lo que sintió. En Génesis 2:23, Adán llama a su nueva compañera «mujer» o «varona». La palabra hebrea que se traduce por hombre es *«ish»* y la de mujer es *«isha»*. Tal vez cuando Adán contempló a la bellísima

Eva, la primera mujer, simplemente haya exclamado: «*ISH*» y luego con la boca completamente abierta haya añadido: «Aaaaaaahhhhh». Si Adán hubiera hablado español, posiblemente habría dicho: «¡Hombre, qué espectacular!»

¿Te parece lógico que Adán reaccionara así? Como descendientes de Adán, la mayoría de nosotros experimentamos el mismo sentimiento frente al creativo trabajo de Dios llamado mujer. Heredamos de nuestros ancestros la apreciación por las curvas femeninas.

¿Quieres pruebas? La próxima vez que te encuentres con tu grupo de amigos, dispara esta pregunta:

¿Qué creen que es lo más increíble de toda la creación?

1. El cielo lleno de estrellas fugaces en una noche de verano.
2. Los matices de un atardecer en la playa.
3. Una catarata en un bosque lluvioso.
4. La aurora boreal en el polo.
5. El cuerpo de una mujer.

Siéntete en libertad de escoger cualquier otra maravilla natural, pero te aseguro que no cambiará mucho la respuesta del grupo. En lo que concierne a la mayoría de los chicos, cualquier obra de la creación divina empalidece si se la compara con la obra maestra del cuerpo femenino.

EL TESORO ESCONDIDO

Adán no solo presenció el descubrimiento de la primera mujer, sino que además la pudo ver en *toda* su gloria. Génesis 2:25 lo expresa de esta forma: «El hombre y la mujer estaban desnudos, pero ninguno de los dos sentía vergüenza».

Imagina tener a una hermosa mujer desnuda a tu lado veinticuatro horas al día, siete días a la semana. La vida le sonreía a Adán… por un tiempo. Desafortunadamente para él, y para nosotros, su vida en el paraíso tuvo un insólito cambio por una terrible decisión. Ignorando la clara advertencia de Dios, Adán y Eva decidieron que probar la fruta del árbol prohibido resultaba, de alguna manera, más emocionante que obedecer las reglas de Dios.

La respuesta de Dios fue rápida y severa. Sacó a Adán y a Eva del jardín del Edén y les advirtió que la vida iba a ser extremadamente difícil y dolorosa para ellos y sus descendientes.

Junto con el dolor de ser separados de Dios y de su hogar en el jardín, Adán y Eva experimentaron un par de emociones nuevas: culpa y vergüenza. Una de las formas en las que lidiaron con la vergüenza fue cubriendo sus cuerpos. Génesis 3:7 nos cuenta que ellos mismos entretejieron hojas de higuera y las colocaron alrededor de sus cinturas para cubrirse. Más tarde, Dios mismo les mejoró el vestuario dándoles pieles de animales para que se las pusieran (Génesis 3:21).

De este modo, la era de andar desnudos con total comodidad llegó a su fin. Y el recato que empezó con Adán y Eva continúa presente hasta el día de hoy.

Esto nos lleva a la segunda razón por la que el ver, o pensar, en una mujer desnuda genera un sentimiento tan poderoso en la mayoría de los chicos: *es algo que no vemos a menudo*. La desnudez es algo raro. Las mujeres desnudas atraen nuestra atención porque rara vez no las vemos de esa forma.

Para profundizar un poco más en esto, podríamos decir que la desnudez es algo que Dios diseñó específicamente para los seres humanos. Para ayudarte a entender mejor este concepto, quiero presentarte algunos ejemplos de la vida real:

- A finales del siglo XIX, una mujer francesa muy adinerada escribió en su testamento que destinaba toda su fortuna a conseguir ropa para los muñecos de nieve de Paris. Si, leíste bien, ¡muñecos de nieve! Al parecer le resultaba vulgar y ofensiva la sola idea de ver a esos muñecos desnudos, así que decidió hacer algo al respecto.

- En 1993, una cadena de supermercados quitó de sus anaqueles unas revistas documentales, porque la portada mostraba a una pareja desnuda... ¡y eran simios!
- Una mujer europea le dejó su fortuna a una sobrina con una condición: que su pececito dorado usara pantalones todo el tiempo. ¡Esto no es un error de imprenta, la mujer quería que el dichoso pececito cubriera sus intimidades en todo momento.

¿Qué llevó a estas personas a tomar decisiones tan extrañas? ¡Quién puede saberlo! Sin embargo, cualesquiera hayan sido las razones, podemos decir que nadie en su sano juicio intentaría vestir a un muñeco de nieve, o a una pareja de simios y mucho menos a un pececito dorado. El hecho es que esos esas criaturas no pueden estar desnudas. El concepto que tenemos de «desnudez» implica ausencia de ropa, y esas criaturas jamás estuvieron vestidas.

¿Con qué frecuencia le pones camiseta y pantalones cortos a tu gato antes de salir de casa? ¿Cuándo escuchaste que un perro fuera arrestado por indecencia en lugares públicos al presentarse desnudo?

Ninguna de las obras de la creación está desnuda en el sentido en que el ser humano puede encontrarse desnudo. Ni los árboles ni los perros ni los delfines ni las rocas ni las ratas. Ningún chico en sus cabales tendría curiosidad por mirar una planta o un animal «desnudo». ¿Por qué iba a estarlo? Esas cosas no pueden estar desnudas.

Las mujeres, en cambio, sí pueden estar desnudas. Sin embargo, rara vez lo están. Las mujeres que a diarios vemos en la escuela, en el cine, en el centro comercial, en el parque o en el supermercado están vestidas. Se cubren cuando se encuentran alrededor de nosotros (algunas se cubren más que otras, por supuesto, pero eso lo trataremos más adelante en el libro). Así que una mujer desnuda revela lo que casi siempre está escondido a los ojos masculinos: la belleza de su cuerpo.

El comediante Tim Allen enfatiza este punto en su descripción de la primera vez que vio una foto de una mujer desnuda: «En cierta forma, la fotografía me resultó atemorizante y alentadora a la vez. Por tonto que pueda sonar, por primera vez fui consciente de que *todas las mujeres están desnudas debajo de su ropa...* Este descubrimiento me llevó a desconfiar de las mujeres para siempre: *¡Ellas están ocultando eso!,* me dije. *¡Tienen ese poder, allí escondido debajo de su ropa, y yo no me había dado cuenta!*

Allen hizo una pregunta con la que muchos varones se sienten identificados: ¿Cómo es que las mujeres van por la vida escondiendo algo tan maravilloso? No solo eso, ¿cómo pueden pretender que no saben lo que están haciendo? ¿Es que ellas no entienden que cuanto más oculten su desnudez, más chicos querrán verla?

Tal vez la curiosidad mate al gato, pero también inspira todo tipo de fantasías masculinas.

LA QUE NOS COMPLETA

Por favor, no me malinterpreten. Como hombres, nuestro aprecio por las curvas femeninas no es tan superficial como parece. No es solo un asunto de deseo físico. La atracción que sentimos por el cuerpo de una mujer es mucho más profunda que eso. De hecho, podemos encontrar una respuesta a ello si nos remontamos a los primeros días de la creación, miles de años atrás.

Vayamos a Génesis 1 para averiguar de dónde proviene nuestra irresistible atracción por el otro sexo. Habrás notado que al terminar cada día de la creación, Dios contempló lo que había hecho y exclamó «que era bueno». Todo, excepto una cosa. Lo encontrarás en Génesis 2:18. Dios vio que Adán estaba solo, y tomó la determinación de hacer algo al respecto.

El primer paso de su plan fue ayudar a Adán a darse cuenta de que él mismo necesitaba algo. Para lograrlo, Dios le encomendó una tarea: le ordenó que le pusiera nombre a cada uno de los animales de la creación. No sabemos cuánto tiempo le tomó a Adán hacer eso, pero cuando consideramos la variedad de criaturas que existen en el mundo, no es difícil imaginar que Adán estuvo ocupado meses, tal vez años, en completar este trabajo.

La Biblia no lo dice, pero podríamos imaginar que en algún momento, mientras realizaba su tarea, Adán se dio cuenta de que todos los animales venían en parejas, una hembra y un macho. También debió haber notado que ninguna de las criaturas se parecía a él. No había ni siquiera una que compartiera su soledad.

¿Cuánto tiempo crees que pasó antes de que esto empezara a molestarlo? Imagina lo solo que se habrá sentido ese hombre cuando tomó conciencia de que hasta la última especie de la creación venía en pareja, excepto él.

Cuando los sentimientos de soledad de Adán empezaron a intensificarse, Dios intervino. Como mencioné anteriormente, el Señor hizo caer a Adán en un profundo sueño y realizó la primera cirugía de la historia. Sacó una costilla del costado de Adán y creó, a medida, una compañera para él. Así como el primer hombre fue hecho de la tierra, la primera mujer fue hecha del hombre.

Con la creación de Eva, Adán perdió una costilla. Con la aparición de Eva, Adán descubrió a aquella que lo completaba. Sin ella, Adán era como un bolígrafo sin tinta o como un velero sin velas: estaba incompleto. Literalmente, una parte de él le faltaba. Necesitaba a Eva para sentirse completo.

Como descendientes de Adán, la mayoría de los chicos tienen la misma necesidad y la misma sensación de estar incompletos. Esa es la forma en la que fuimos creados. No estoy hablando de una emoción pasajera o superficial. Tal vez no te *sientas* incompleto. La necesidad de la que estoy hablando existe en un área muy profunda de tu ser. Está ahí porque Dios te la puso. Él nos dio una necesidad que solo puede ser satisfecha por una mujer. En otras palabras: la mujer llena el vacío que tiene el hombre.

¿Es posible, entonces, que la belleza del cuerpo de una mujer esté relacionada de alguna forma con esa necesidad que tienen los varones de ser completados? La Biblia no lo dice así, pero tal vez en un nivel muy profundo de nuestro subconsciente, tenemos un deseo intenso de que alguien nos pueda «completar» de la manera que Dios habia previsto.

Tal vez nuestro deseo de alguien que nos haga sentir plenos es lo que provoca que reaccionemos de la forma en que lo hacemos ante el cuerpo de una mujer. Quizás, cuando un chico contempla la belleza de una mujer desnuda experimenta, por un instante, la esperanza de ser completo.

INTIMAR

No podemos hablar de desnudez sin mencionar la intimidad. La intimidad es lo que hace que la desnudez sea tan especial. Cuando Dios nos diseñó como seres sexuales, colocó la intimidad y la confianza en el centro de la relación entre un hombre y una mujer. Cuando una chica se quita la ropa frente a un varón está depositando su confianza en él. Ella se coloca en una posición de vulnerabilidad. Permite que él mire no solo su belleza, sino también sus defectos. Esa clase de intimidad requiere una relación especial que solo puede darse entre personas que, a pesar de todo, realmente se aman y se acepten mutuamente.

Adán y Eva tenían ese tipo de intimidad. Una vez que Dios los presentó, la Biblia nos dice que no «sentían vergüenza» (Génesis 2:25), a pesar de estar completamente desnudos. Su desnudez física se correspondía con la desnudez que existía en un nivel más profundo... un nivel espiritual y emocional. Adán y Eva tenían intimidad en todo el sentido de la palabra y en todos los aspectos posibles.

Si eres como la mayoría de los chicos, posiblemente no te consideres un buen candidato para explorar la intimidad. La idea de ser cien por ciento franco y abierto con alguien nos eriza la piel. No obstante, a pesar de que muchos varones intentan evitar la intimidad, en el fondo todos la necesitamos. El problema es que nos han programado para pensar que tenemos que ser autosuficientes. Desde que somos niños se nos inculcó la mentira de que los «hombres de verdad» son independientes y muy fuertes. Que nunca necesitan la ayuda de nadie ni comparten los sentimientos y pensamientos más profundos con los demás.

Esta actitud podrá funcionar con los héroes de ficción, pero no con los chicos de carne y hueso. No importa cuánto intentemos decirnos a nosotros mismos que podemos lograrlo solos en este mundo, algo muy dentro de nosotros pide a gritos una relación de intimidad en el más profundo nivel. Yo creo que una mujer desnuda resulta tan atractiva ante nuestros ojos porque su desnudez nos susurra: «Estoy aquí para ti. Soy tuya. Me he expuesto por completo ante tus ojos». Eso le dice a un hombre que está seguro. Le comunica que es amado. Le indica que alguien desea intimar con él.

Como la desnudez implica intimidad, el ver a una mujer desnuda les proporciona a los chicos una conexión íntima, aun cuando se trate de una relación superficial. Sin embargo, la *verdadera* intimidad solo puede ocurrir en un ambiente seguro, en un ambiente de amor y de confianza.

BUENAS NOTICIAS

Antes de terminar este primer capítulo, debo aclarar algo sumamente importante con respecto al cuerpo femenino y al modo en que reaccionamos ante él: no hay razón para que te sientas como un pervertido sexual porque te guste ver (o pensar) en la figura femenina. Dios te dio el apetito sexual. Él creó los centros de placer en tu cuerpo, diseñó tu cuerpo para que reaccionara de la forma en que lo hace cada vez que te excitas, y puso en ti una fuerte atracción física por el cuerpo femenino.

Eso puede sonarles muy extraño a aquellos que ven a Dios como un ser no sexual, o lo que es peor antisexual. Pero decir que él se opone al sexo es como decir que él se opone al matrimonio y a la iglesia. ¡Resulta ridículo! Olvídate de Hugh Hefner (dueño de la revista Playboy) o del Dr. Drew (reconocido sexólogo), o de cualquier otro supuest experto en sexología. Entre los que apoyan el sexo, Dios es, sin duda alguna, el número uno. En realidad, Dios no solo apoya el sexo, sino que él, además, lo celebra.

Si te cuesta creerlo, revisa un pequeño librito del Antiguo Testamento llamado el Cantar de los Cantares. A simple vista, ese libro parece fuera de contexto en las Escrituras: el rey Salomón y su esposa se turnan para dedicarse poemas de amor el uno al otro. Y digamos, además, que este par de tortolitos no tienen vergüenza ni timidez a la hora de expresar la pasión que sienten.

Revisa este pasaje de Cantares:

Cautivaste mi corazón, hermana y novia mía, con una mirada de tus ojos; con una vuelta de tu collar cautivaste mi corazón. ¡Cuán delicioso es tu amor, hermana y novia mía! ¡Más agradable que el vino es tu amor, y más que toda especia la fragancia de tu perfume! Tus labios, novia mía, destilan miel; leche y miel escondes bajo la lengua. Cual fragancia del Líbano es la fragancia de tus vestidos.

CANTAR DE LOS CANTARES 4:9-11

¡Bienvenido a la noche de bodas! Una vez que los dos amantes están solos, el rey le dice a su esposa que una sola de sus miradas a los ojos es suficiente para excitarlo. Sabes a qué tipo de mirada se refiere, ¿no?

Salomón además utiliza una imagen muy familiar para hacer más claro su punto. A la tierra en la que vivían los judíos a menudo se le llamaba «la tierra donde fluye leche y miel», ¿recuerdas? Esa tierra ofrecía grandes riquezas y placeres a aquellos que la habitaban. De una manera similar, la chica que Salomón sostiene entre sus brazos le proporciona placer y bienestar.

Acá hay otro pasaje del libro:

Jardín cerrado eres tú, hermana y novia mía; ¡jardín cerrado, sellado manantial! Tus pechos son un huerto de granadas con frutos exquisitos, con flores de nardo y azahar; con toda clase de árbol resinoso, con nardo y azafrán, con cálamo y canela, con mirra y áloe, y con las más finas especias.
Eres fuente de los jardines, manantial de aguas vivas, ¡arroyo que del Líbano desciende!

CANTAR DE LOS CANTARES 4:12-15

Tal vez te guste la poesía de Salomón, o tal vez no. Pero si miras más allá de las referencias a las frutas y especias, te darás cuenta de que él está hablando de la virginidad de su esposa. Él señala que la fuente de ella es solo suya y que su jardín es privado. Que a este jardín nunca nadie ha entrado. Pero ahora ha llegado la noche en que vendrá ese primer visitante, y Salomón está seriamente preparado para ser ese visitante. Esa es la razón por la que él da tantos detalles acerca del aroma y el gusto de su amor.

Salomón no es el único que está muy excitado en este pasaje, al decir que su esposa misma se ha convertido en un «manantial de aguas vivas» (v. 15), sugiriere que ella también está muy excitada. En el versículo 16, ella dejo esto bien en claro al invitar a Salomón a entrar a su jardín para que «pruebe sus frutos exquisitos».

¡Ay, ay, ay!, las cosas se están poniendo calientes, ¿no?

El punto a destacar es que esto no proviene de un libro ancestral de literatura erótica. ¡Se trata de la Biblia! Dios mismo escogió incluir esos pasajes para nosotros. Él quiere que leamos esas palabras de pasión. Nos permite dar una breve mirada a la alcoba nupcial de Salomón, para ayudarnos a entender lo increíble que el sexo puede ser... cuando las circunstancias son las adecuadas.

EL MEJOR LUGAR PARA JUGAR

Hablar de circunstancias adecuadas demuestra lo increíble que es Dios. No solamente nos creó con la capacidad de disfrutar de un buen juego amoroso con una mujer desnuda, sino que además creó un parque de diversiones ideal para llevar a cabo ese juego, y ese lugar se llama matrimonio.

La intención de Dios al crear el sexo es que llegara a ser una de las experiencias más poderosas y placenteras de la vida. Eso ocurre cuando un hombre y una mujer se convierten en «una sola carne». Sus cuerpos literalmente están unidos y entrelazados el uno con el otro. Durante esos increíbles momentos, el hombre y aquella que fue creada a partir de él se vuelven completos de nuevo. Son uno.

El plan de Dios es que esta unidad tenga lugar dentro de la seguridad que ofrece el matrimonio, porque el matrimonio es el único sitio en el que pueden existir una verdadera intimidad, seguridad y compromiso entre un chico y una chica. Las parejas que intercambian votos matrimoniales se comprometen entre ellos a desarrollar el tipo de intimidad que la desnudez requiere. El matrimonio entonces es el único lugar en el que un varón puede disfrutar y celebrar a plenitud la belleza del cuerpo de la mujer.

Desde luego, el hecho de que Dios desee que el sexo tenga lugar dentro del matrimonio crea un mundo de desafíos increíbles para aquellos que aún no se han casado. De esos desafíos hablaremos en los siguientes capítulos.

HAGÁMOSLO PERSONAL

1. ¿Cuándo fue la primera vez que viste a una mujer completamente desnuda? *(Me refiero al momento en que tenías edad suficiente como para apreciarlo.)* ¿Cómo reaccionaste ante eso?

2. En tu opinión, ¿qué es lo mejor acerca de la forma en la que Dios creó a los chicos y a las chicas? ¿Por qué?

3. ¿Qué te gustaría decirle a Dios acerca de su obra al crear el cuerpo femenino? ¿Qué te gustaría decirle acerca del regalo del sexo?

CAPÍTULO DOS

ESPERAR.... ESPERAR... Y ESPERAR

Si eres un chico, se supone que alcances la cima de tu sexualidad al cumplir más o menos dieciocho años. Eso significa que si esperas a estar casado, ¡te vas a perder de la mejor parte del sexo en tu vida!

—Kenneth

Mi hermano dice que estar excitado es igual a tener hambre o sueño. ¡Es algo natural! No tiene nada de malo.

—Orlando

Conozco muchos chicos que han tenido sexo. No les ha arruinado para nada la vida. Simplemente hizo que todo tuviera más sabor y diversión.

—Santiago

Imagina esta escena:

> Tienes quince años y eres fanático de los automóviles. Al igual que tú, tus amigos están muy metidos en el tema de los automóviles. Es prácticamente de lo único que hablan. Admiras las carreras en la calle y las cuestiones relacionadas con todo ello. Hojeas constantemente revistas y buscas en sitios de Internet. En la escuela haces dibujos de automóviles y de todo lo que tenga que ver con el asunto. Es como si tuvieras fiebre por los automóviles.
>
> Un día abres la puerta del garaje de tu casa para sacar la basura... ¡y ahí está! Es el automóvil más increíble, lujoso, resplandeciente y rápido de la historia... Al menos es eso lo que te imaginas, ya que el carro se encuentra debajo de una gran manta que lo cubre todo. Así que, aunque en realidad no sabes cómo es ese automóvil, imaginas que se trata de algo espectacular, ¡y ahí está, en tu propio garaje!
>
> Justo en ese momento entran tus padres en escena con una sonrisa de oreja a oreja.
> —¿Te gusta?, —pregunta tu padre. Tú lo miras con sospechas—. ¡Pues es tuyo!, —agrega él.
> Casi puedes escuchar el sonido de tu quijada golpeando contra el suelo.
> —Papá y yo te amamos mucho, y creímos que esto te haría realmente feliz —dice tu madre. Sin embargo, inmediatamente recibes un golpe bajo.
> —Puedes usarlo cuando cumplas veinticinco años, —aclara tu padre. De repente tu sonrisa se desvanece.
> —¡¿Veinticinco años? ¡Eso es dentro de diez años! —protestas—. Tendré edad suficiente para manejar en tres años.
> —Lo sabemos —señala tu padre—, pero confía en nosotros. Si esperas a terminar la universidad, vas a apreciar mucho mas este regalo. No tendrás la tentación de correr de una manera riesgosa. Además, la cuenta del seguro será menor».
>
> En ese momento se te acaban las palabras y no sabes cómo reaccionar ante las reglas que tus padres te acaban de imponer. El auto perma-

necerá guardado en el garage, con una manta sobre él, hasta que puedas celebrar tu vigésimo quinto cumpleaños. En ese momento será todo tuyo para que lo disfrutes por el resto de tu vida.

¿Qué pensarías de un regalo así? ¿Qué pensarías de las reglas que tus padres te han impuesto? Antes de que contestes, vamos a adelantarnos unos pocos años en tu vida. Ya has cumplido dieciocho años y posees una licencia de conductor. En lo que a la ley respecta, tienes todo el derecho de andar por la carretera con un auto a la hora que desees. Sin embargo, las reglas de tus padres permanecen ahí, iguales al día en que te dieron el regalo.

Para empeorar las cosas, muchos de tus amigos cumplen dieciocho años y con su licencia en la mano empiezan a conducir por la escuela, el centro comercial y el barrio. Te comentan a diario lo divertido que es estar al volante y sentir la libertad de conducir. Alardean constantemente de lo buenos «pilotos» que son y de cómo pueden llevar el vehículo a velocidades muy altas. Y para completar tu día, se burlan de ti porque nunca has conducido tu auto.

Semanas después la situación se pone aún peor. Consigues que una chica decida salir contigo y las cosas cambian de un deseo a una «necesidad». La chica menciona entre líneas lo agradable que sería si los dos pudieran dar un paseo en tu auto. Por un tiempo le das excusas para evadir el problema, pero ella sigue insistiendo. En un momento dado te pide que como muestra de amor, ignores las reglas de tus padres y la saques a dar un paseo.

Para agregarte más presión está el hecho que dondequiera que miras (Internet, TV, revistas, videos) hay personas disfrutando de sus carros. Y cada escena lo único que hace es recordarte que tú no puedes aún gozar del tuyo.

Bajo esas condiciones, nadie te culparía si cuestionaras los lineamientos de tus padres, ¿no es cierto? O si empezaras a pasar más tiempo en el garaje, tratando de fisgonear lo que hay debajo de esa gran manta. Tal vez podrías levantarla un poco y ver el color y la forma de tu automóvil. Sin embargo, en algún punto de tu exploración vas a querer quitar por completo la manta y ver el carro en toda su gloria. Más adelante desearás abrir la puerta del conductor y sentarte detrás del volante. Sin embargo, al cabo de un rato eso perderá su encanto, ahora querrás encenderlo y escuchar la fuerza con la que ruge el motor.

Después de un tiempo, eso también perderá emoción, y tú te encontrarás ante una decisión fundamental. ¿Dejarás de lado la instrucción que tus padres te dieron y no cumplirás con sus deseos? ¿Vas a abrir el regalo en el momento en que tú lo decidas, o vas a resistir a la tentación? ¿Te darás por vencido o vas a soportar? ¿Echarás todo el esfuerzo que has hecho por la borda o esperarás?

Tomar ese automóvil te va a brindar un enorme placer de manera inmediata. Te hará muy popular entre tus amigos; eso sin mencionar a las chicas. Pero va a lastimar a tus padres que te aman mucho y fueron los que te dieron el regalo.

Estás en un lío, ¿verdad?

EL REGALO

Santiago 1:17 afirma que «toda buena dádiva y todo don perfecto descienden de lo alto, donde está el Padre que creó las lumbreras celestes». El sexo es sin duda una de esas cosas buenas que Dios nos dio. Puede que no sea *perfecto*, pero con toda seguridad es muy bueno. Tú y yo le debemos gratitud a Dios por eso. Al igual que los padres de esta historia, Dios te ha dado un increíble regalo, que es la capacidad de experimentar el placer sexual, y lo ha hecho porque te ama. Él desea que disfrutes de la intensa excitación y satisfacción que produce el mantener relaciones sexuales.

Como los padres de esta historia, Dios ha establecido algunos requisitos para el uso de este regalo. Básicamente, él quiere que esperes hasta que estés casado para abrirlo. Como el apóstol Pablo lo dice: «Cada hombre debe tener su propia esposa, y cada mujer su propio esposo» (1 Corintios 7:2). En lo que a Dios concierne, el sexo es algo exclusivo para esposos y esposas.

Como mencioné en el primer capítulo, este requisito crea una situación difícil para los que aún no se han casado. Las estadísticas señalan que la mayoría de los jóvenes contraen matrimonio alrededor de los veinticinco años. Sin embargo, los impulsos sexuales aparecen aproximadamente a los trece o catorce años (a veces incluso antes). ¡Allí hay una diferencia de por lo menos diez años!

Y diez años es muuuuuuuuuuuuuucho tiempo.

¿Qué sucede con tu apetito sexual mientras tanto? ¡No desaparece! Eso tenlo por seguro. Dios ya te dio el regalo: la capacidad de experimentar placer sexual. Él no te lo va a quitar hasta el día de tu matrimonio. Así que está en el limbo, en el «garaje» de tu vida, esperando el día en que pueda ser utilizado.

A pesar de eso, ahí está, disponible para ti.

Tienes acceso a tu regalo veinticuatro horas al día, los siete días de la semana. Y si eres como la mayoría de los chicos, ese deseo no va a desaparecer fácilmente.

Como si la tentación no fuera suficiente, vives inserto en una cultura a la que parece no importarle los requisitos que Dios estableció para recibir este regalo. Piensa un momento: ¿Cuál fue la última película que viste que no contuviera escenas sexuales o eróticas? ¿Cuál fue el último programa de televisión que no insinuara asuntos sexuales o eróticos? ¿Cuál fue el último video clip que viste en el que no apareciera una chica medio desnuda y con una mirada que decía a las claras que en la vida no hay nada más que sexo?

Además, hay que recordar a los «amigos» de la escuela que tienen la habilidad de darle un doble sentido a *cualquier* cosa que se diga, por mas inocente que suene. Aquellos que insisten en enseñarte la última pornografía que han bajado de Internet. Y a los que les gusta contar cada detalle de sus experiencias sexuales y se burlan de ti porque todavía no has tenido relaciones.

Cuando te pones de novio o comienzas a andar con chicas, la situación empeora. Tarde o temprano te vas a encontrar con algunas a las que les gusta arriesgarse demasiado. Y si estas en el lugar y en el momento indicado, vas a tener la oportunidad de obtener lo que has soñado desde que llegaste a la pubertad.

Con toda esa presión, ¿quién podría culparte si empezaras a cuestionar las instrucciones de Dios? ¿Quién te diría algo si dudaras de que vale la pena guardar tu sexualidad para el matrimonio? ¿Quién te culparía por frustrarte cuando tus impulsos no son satisfechos? O por ese deseo ardiente de «espiar debajo de la manta» el regalo que Dios te ha hecho?

Supongamos que cedes ante la tentación y empiezas a explorar tu capacidad de experimentar placer sexual. Igual que en el ejemplo del automóvil de la analogía anterior, las primeras veces va a parecerte inofensivo. Tal vez te digas a ti mismo que se trata de una curiosidad natural y normal. Quizás te sientas tentado a ver algunas páginas en Internet o algún video pornográfico de un amigo. Eso sin duda va a satisfacer tu curiosidad por un tiempo... pero no por mucho.

Así que... vas a dar otro paso. Te vas a arriesgar un poquito más. Tal vez empieces a bajar de Internet tu propia pornografía. En algún momento de esta experiencia, empezarás a masturbarte. Aprenderás a autosatisfacer tus impulsos cuando estos se presenten. Puedes pensar que esto es como estar detrás del volante y encender el carro para sentir la sensación de lo que sería conducir. Eso te va a mantener ocupado un tiempo, pero no te va a satisfacer; por lo menos no por más de unos pocos minutos cada vez.

Mirar las mismas imágenes que antes te volvían loco, ya no tendrá el mismo efecto. La relación que tienes con tu mano perderá su encanto. Empezarás a buscar otras formas, mejores formas, de satisfacerte. Formas en las que participen chicas reales, ¡en vivo!

En ese momento enfrentarás el dilema que miles de jóvenes cristianos han enfrentado por siglos. Tienes en tus manos uno de los mejores regalos que alguien podría haberte dado. Puedes «desenvolverlo» y usarlo cuantas veces quieras. Pero también eres consciente de lo que Dios espera de ti. Conoces lo importante que es para Dios que sigas sus instrucciones. Sabes que si utilizas mal lo que te dio, él se sentirá muy desilusionado y eso resentirá la relación que tienes con él. Y para colmo, eres consciente de que esto arruinará el plan que él tenía para tu noche de bodas.

En otras palabras, tienes todo el equipo, tienes los impulsos, tienes la oportunidad, pero no tienes el permiso de aquel cuya opinión es la única que cuenta.

¿Qué deberías hacer?

UNA OPORTUNIDAD ÚNICA EN LA VIDA

Si te has criado en una iglesia tradicional, ya sabes la respuesta que viene. Si has leído algún artículo de revista o libro cristiano o visto videos cristianos que hablen de sexualidad, seguro sabes que voy a decirte lo importante que es resistir la tentación. Presientes que voy a recordarte que si te guardas hasta el matrimonio, estarás agradecido toda tu vida de haberlo hecho. Sabes que voy a hacer un énfasis fuerte en la importancia que tiene seguir la voluntad y los planes de Dios con respecto a los impulsos sexuales que ahora sientes.

Sin embargo, antes de hacerlo, voy a lanzar una pregunta que muchos chicos cristianos se hacen pero que les cuesta formular: ***Si Dios me dio hormonas que empiezan a funcionar desde antes de la secundaria, ¿por qué me pide que espere hasta el momento en que me case?***

Se trata de una pregunta justa y válida. Por desdicha, la Biblia no nos provee mucho del trasfondo del proceso creativo de Dios y de la forma en que él hace que las cosas funcionen. No encontrarás un versículo que te explique por qué él hizo nuestros cuerpos de la forma en que lo hizo. Lo que sí vas a encontrar son muchos versículos que arrojan luz acerca de nuestra vida antes del matrimonio y del sexo.

Empecemos con Romanos 12:1. Esta es la parte en la que el apóstol Pablo dice: «Por lo tanto, hermanos, tomando en cuenta la misericordia de Dios, les ruego que cada uno de ustedes, en adoración espiritual, ofrezca su cuerpo como sacrificio vivo, santo y agradable a Dios». Un sacrificio es algo que la gente hace para mostrarle a Dios su fidelidad. ¿Qué tiene esto que ver con el cuerpo de un joven?

Pablo responde esa pregunta en 1 Corintios 7:32-33: «Yo preferiría que estuvieran libres de preocupaciones. El soltero se preocupa de las cosas del Señor y de cómo agradarlo. Pero el casado se preocupa de las cosas de este mundo y de cómo agradar a su esposa».

Dios no te está castigando al hacerte esperar para tener relaciones sexuales. Todo lo contrario, ¡te está proveyendo una increíble oportunidad! Tienes un lapso de unos diez años entre la pubertad y el matrimonio para darle a Dios un fabuloso sacrificio a través de tu cuerpo.

Tú tienes la habilidad de darle honor a Dios de una manera en que los hombres casados no pueden. Todo depende de cómo uses tu cuerpo, de las cosas que hagas con él y de las cosas que te niegues a hacer. Tú puedes ser un sacrificio vivo al resistir las tentaciones que te atacan todos los días, al batallar en contra de los impulsos que constantemente te acosan y al renunciar al placer temporal por una devoción a Dios de por vida.

Desde luego que aún podrás honrar a Dios una vez que estés casado. Tu cuerpo todavía podrá ser un sacrificio vivo para él. Pero no será igual, tus responsabilidades como esposo, y luego como padre, van a demandar tu atención. Y la habilidad que tienes para servir a Dios va a cambiar.

En resumen, tienes una oportunidad única frente a ti. Una oportunidad que nunca más volverás a tener en tu vida. No dejes que se te escape. Ni todos los orgasmos del mundo podrán hacerte sentir la emoción que experimentarás un día cuando Dios te mire a los ojos, y todo el cielo también, y diga: «¡Hiciste bien, siervo bueno y fiel! ... ¡Ven a compartir la felicidad de tu Señor!» (Mateo 25:21).

CONOCE A TU ENEMIGO

Si decides aceptar el desafío de hacer de tu cuerpo un sacrificio vivo, no habrá mucha gente animándote con porras para que triunfes. En realidad, puedes contar con un enemigo que va a hacer todo lo posible para que falles en esta aventura.

Es Satanás, el diablo. Y la Biblia dice que es como un «león rugiente, buscando a quién devorar» (1 Pedro 5:8). Él no solo desea detenerte, sino sacarte del juego por completo.

Lo último que Satanás quiere en este mundo es un joven para el que la relación con Dios sea lo más importante de su vida. La idea de que ofrezcas tu cuerpo en sacrificio vivo a Dios lo asusta, porque sabe las increíbles cosas que pueden suceder a raíz de eso.

Por esa razón usará todas las armas que tiene para detenerte. Por ejemplo, él puede meterte dudas en la cabeza para que cuestiones la Palabra de Dios. Es un truco que ha usado antes. Mira la historia de Adán y Eva en Génesis 3. Observa la pregunta que la serpiente (Satanás) le hizo a Eva: «¿Es verdad que Dios les dijo que...?»

Él usa el mismo tipo de preguntas contigo:

- ¿De verdad Dios te dijo que nada de sexo hasta el matrimonio? ¿No será solo la interpretación de algunas personas de lo que dice la Biblia?
- ¿Crees que esté mal tener relaciones sexuales con una chica que a ti realmente te agrada? ¿Por qué necesitas un anillo y un documento escrito para demostrar tu amor por ella?
- ¿No te parece que el plan de Dios es un poco injusto con aquellas personas que nunca se casarán? ¿Quiere decir esto que nunca experimentarán lo que es el sexo?
- ¿En verdad Dios espera que estés sexualmente frustrado hasta el día de tu boda? ¿Cómo va a ser bueno el sexo ese día si nunca antes lo has practicado?

Si el enemigo logra que empieces a dudar del plan de Dios; podrá alejarte poco a poco de tu compromiso. (Por cierto, he estudiado muchísimo la Biblia y aún no he encontrado alguna forma de escaparme del mandato de Dios de ser sexualmente puro.)

Y si todo lo demás le falla, tu enemigo estará listo para sacar su arma más poderosa.

ESA PALABRA QUE COMIENZA CON «L»

La lujuria es el lado oscuro del regalo del sexo que Dios te hizo. Es una versión retorcida de tu apreciación natural por las formas del cuerpo femenino. La lujuria es lo que causa que dejes de pensar en las chicas como personas y las mires como objetos sexuales. Juguetes para ser usados y luego abandonados.

Lo más peligroso de la lujuria es que la impulsan cosas que están fuera de tus límites. Cuanto más te digan que no puedes tener algo, más lujuria vas a sentir por aquello. Y cuanto más intentes controlar tu lujuria, más intentará liberarla Satanás. Él usará portadas de revistas, comerciales de cerveza, videos musicales, programas radiales, anuncios en Internet, y las chicas de la escuela a las que les gusta mostrar un poco de piel. Cualquier cosa que logre que dejes de pensar en ser un sacrificio vivo para Dios... y te motive a alimentar tu lujuria.

Entonces, ¿cómo se lucha contra un enemigo como Satanás que posee un arma tan poderosa como la lujuria? Eso es lo que el resto de este libro te va a explicar. Mientras tanto, vamos a terminar este capítulo con una historia que ilustra la llave al éxito en nuestra lucha contra la lujuria.

UNA COMEZÓN INCURABLE

Había una vez un hombre que se había ido a vivir a una cueva en las montañas para estudiar con un sabio. El estudiante quería aprender todo lo que pudiera ser conocido. El sabio le dio cientos de libros.

Luego, antes de abandonar la cueva, el sabio roció la mano del hombre con un polvo que le daba comezón.

Cada mañana el sabio regresaba a la cueva para supervisar el progreso de su alumno. «¿Ya has aprendido todas las cosas que se pueden aprender?», le preguntaba el sabio.

Y cada mañana su estudiante le daba la misma respuesta: «No, aún no».

Entonces el maestro rociaba más polvo en la mano de su alumno, y se iba.

Esa situación se repitió durante meses. Un día el sabio entró en la cueva, pero antes de poder hacer la pregunta de rigor, el estudiante tomó la bolsa del polvo y la tiró al fuego.

«Felicidades», le dijo el sabio, a pesar del asombro de su discípulo. «Te has graduado, ya sabes todo lo que necesitas saber».

«¿A qué te refieres?», inquirió el hombre.

«Has aprendido que no tienes que esperar hasta saberlo todo para hacer algo positivo. Y has aprendido, además, cómo controlar tu vida y detener la comezón», respondió el sabio.

Debes ser como el estudiante de esta historia. Actúa tú primero en esta lucha contra de Satanás. No esperes a que él ponga las cosas delante de ti para recién reaccionar. Desármalo antes de que tenga la posibilidad de atacarte.

¡No permitas que nada arruine el increíble regalo que está esperándote!

HAGÁMOSLO PERSONAL

1. ¿Cómo te sientes con el regalo que Dios te ha dado? ¿Qué piensas acerca de esperar varios años para empezar a disfrutarlo?

2. ¿Qué pasos puedes dar para hacer de tu cuerpo un sacrificio que agrade a Dios?

3. ¿Cuál es tu área más vulnerable en lo que respecta a la lujuria? ¿Cómo puedes evitar que tu enemigo te ataque ahí?

CAPÍTULO TRES
MARCAR EL CAMPO DE JUEGO

El sexo prematrimonial no constituirá un problema para mí.
Tengo muchísimo autocontrol.
—Marta

Si Dios creó el sexo, ¿cómo puede ser malo?
—Nicolás

¿Me debería sentir culpable por masturbarme?
—Orlando

Tus amigos y tú planean jugar un partidito de fútbol. Tienen los jugadores, cuentan con el balón y el campo de juego, pero les falta algo sumamente importante. Antes de empezar el juego en las canchas improvisadas, deben marcar el terreno, establecer los límites de la cancha, y los arcos.

Pueden intentar jugar sin marcar los límites del terreno, pero es probable que el juego resulte frustrante y confuso con rapidez. Si deciden jugar al fútbol adecuadamente, necesitamos saber cuáles son los límites del campo. Tenemos que saber de cuánto espacio disponen para jugar.

Lo mismo sucede con el sexo.

¿A QUÉ TE REFIERES CON «SEXO»?

El plan de Dios es que tanto los chicos como las chicas se guarden hasta el matrimonio para mantener relaciones sexuales (lo que acabas de escuchar son los aplausos de millones de padres y educadores cristianos alrededor del mundo). Sin embargo, eso nos conduce a una pregunta bastante obvia: ¿A qué se refieren con *«sexo»?* ¿Y qué es exactamente aquello de lo que me debo *guardar*?

Para ponerlo en términos futbolísticos: ¿Cómo está marcada la cancha? ¿Cuánto espacio tienes para moverte? ¿Hasta dónde puedes llegar? (Lo que acabas de escuchar son las quijadas de millones de padres y educadores cristianos alrededor del mundo golpeando contra el suelo.)

No se trata de buscar muchas opiniones acerca de este tema. La verdad es que muchísimos jóvenes se han establecido límites a sí mismos en lo que respecta al sexo. El problema aquí está en encontrar un acuerdo sobre en qué punto establecer esos límites.

Tony
Cuando la Biblia habla de sexo, se refiere a las relaciones sexuales coitales, o como quieras llamarlas. Eso es lo que «una sola carne» significa. Eso es lo que estoy reservando para el matrimonio. Así que si alguien me pregunta si soy virgen, contesto siempre que sí. A pesar

de que he practicado el sexo oral y cosas por el estilo. Esas cosas no cuentan, no son sexo de verdad.

Luis
Yo veo una diferencia muy significativa entre incitarse sexualmente y mantener relaciones sexuales. Incitarse sexualmente es un jugueteo, ya sabes, una exploración de los cuerpos. ¿De qué otra manera se puede aprender? Uno debe saber qué es lo que le da placer a una chica. De otra manera, la esposa se va decepcionar en la luna de miel. Yo digo que mientras uno no tenga un orgasmo, eso no es sexo.

Justino
Creo que hay una diferencia entre tener relaciones sexuales y hacer el amor. No creo que Dios quisiera que tuviéramos sexo solo porque es una sensación placentera o porque tomamos unas copas de más. Pero si amamos a alguien, entonces es diferente. Eso es «hacer el amor». Es algo hermoso en lugar de algo pasajero y superficial.

Miguel
Yo creo que depende de la persona. Hay cosas que puedo hacer sin sentirme culpable. Pero cuando otro chico las hace, puede que él se sienta culpable. Debemos ser sinceros con nosotros mismos. No tomar decisiones basadas en lo que otras personas hacen o en lo que dicen que se debe hacer. Hagamos lo que consideremos correcto para nosotros, y para la persona que amamos.

Sergio
En realidad yo no tengo elección. Mi novia solo me permite besarla. He intentado ir un poco más allá un par de veces, pero me ha amenazado con ponerle fin a la relación. Así que ahora soy un «chico bueno», o al menos de a ratos. Yo le dije que solo la besaría, pero que ella tendría que hacer que valiera la pena. Y lo ha hecho. Es maravillosa besando.

Raúl
Hice un pacto de guardarme virgen hasta el matrimonio. Para mí, eso significa que no haré nada con una chica que no quisiera que mi futura esposa hubiera hecho con otro. Sé que suena extraño. Especial-

mente porque no tengo idea de cómo será mi esposa. Pero pienso que eso es lo justo, ¿no creen?

¿Cómo se compara tu perspectiva de lo que significa «ir muy lejos» con las de estos jóvenes? ¿Cómo explicarías los límites que tienes en lo que a sexo se refiere?

¿Qué crees que piensa Dios de tus límites? Medítalo bien antes de responder. Un montón de hormonas y una mente deseosa de sexo puede entenebrecer el sano juicio de un joven. Con el suficiente incentivo, ¡podrías justificar hasta una orgía! Y si eres realmente bueno, podrías incluso respaldarlo bíblicamente y todo.

No obstante a Dios no puedes engañarlo con tecnicismos baratos o absurdas racionalizaciones. Y engañarte a ti mismo nunca es buena idea, en especial cuando tienes tanto que perder.

ROMPER MITOS

Entonces, ¿cómo hace un joven soltero como tú para lograr una dirección clara acerca de su vida amorosa? ¿Cómo es posible disfrutar los placeres que brinda la relación con el otro sexo sin utilizar mal tu cuerpo?

Puedes empezar por descubrir lo que Dios espera de ti. Te sorprenderá saber que muchos hombres cristianos bien intencionados establecen sus propios límites basándose en mitos y creencias erróneas acerca de Dios y su Palabra.

Para ayudarte a evitar esos errores, veamos tres de los mitos más comunes con los que puedes encontrarte:

MITO 1: SI LA BIBLIA NO LO DICE… ¡ESTÁ PERMITIDO!

Puedes buscar por toda la Biblia y no encontrarás ni un solo versículo que diga que el sexo oral antes del matrimonio es pecado. Tampoco encontrarás nada acerca de desvestir a una chica o darle un beso francés *(si no sabes qué es esto, pregúntaselo a tus padres… o mejor no)*. En realidad, no encontrarás mayores detalles para aclarar la mente de un joven sexualmente curioso.

Algunas personas usan este hecho para apoyar el argumento de que (casi) todo vale. Su actitud es: «Si la Biblia no lo prohíbe, lo puedo hacer».

Sin embargo, el problema con esta manera de pensar radica en que se asume que la Biblia no es más que un libro de reglas. Una gran lista de lo que *puedo* y lo que *no puedo* hacer. Un libro gordo donde Dios establece todas las formas posibles de castigo que existen. Y esa es una manera muy limitada y pobre de considerar a la Palabra de Dios.

En realidad, la Biblia se parece más a un mapa que conduce a un tesoro. Un plan detallado que va descubriendo las maravillosas cosas que Dios ha ideado para nosotros. Una guía para que seamos capaces de tomar las mejores decisiones posibles en cada situación.

Además, la Biblia no se calla nada en materia de sexo. Algunos desearían que fuera así, pero hay muchos pasajes que nos permiten ver claramente la actitud que tiene Dios ante la experimentación sexual. Podemos encontrar una de las primeras pistas en 1 Corintios 6:18: *«Huyan de la inmoralidad sexual. Todos los demás pecados que una persona comete quedan fuera de su cuerpo; pero el que comete inmoralidades sexuales peca contra su propio cuerpo»*.

Hay una vieja historia acerca del comediante W. C. Fields, quien sera muy bien conocido por su adicción a la bebida, su carácter jaranero y su estilo de vida poco sensato. Hacia el final de su vida —Mientras Fields vivía en un sanatorio— un amigo entró en su habitación y lo encontró hojeando las pájinas de una Biblia. El amigo estaba asombrado. «Bill, nunca he visto con un Biblia o siquiera a un kilómetro de distancia de una iglesia. ¿Qué estás haciendo?», le preguntó. «Buscando escapatorias», contestó Fields. Esta clase de historia es divertida como broma, pero es trágica como episodio humano. Ahora, si estás buscando escapatorias en la Palabra de Dios, te estás perdiendo cerca del 99.9% de lo que ella tiene para ofrecerte.

Observa la primera parte una vez más: «*Huyan de la inmoralidad sexual*». Consideremos esta expresión como la bomba de tiempo que se activa al inicio de una película de acción. Las personas que la ven y huyen lo más rápido posible son las únicas que tienen opción de vivir cuando la bomba explota. Pero los arrogantes «expertos», que creen que pueden desarmarla antes de que explote, son los que probablemente terminen hechos pedacitos y esparcidos por todo el lugar.

Esa es la clase de peligro al que la tentación sexual te expone. Si en tu ingenuidad crees que eres capaz de jugar con ella sin que te cause problemas, vas a llevarte una desagradable sorpresa. Es un asunto de dirección. Una opción es correr lejos de la tentación sexual y la otra es acercarte tanto como creas poder soportar sin caer en ella. Se trata de dos rumbos totalmente contrapuestos. Y debes admitir que hacer lo contrario a la voluntad de Dios ***siempre*** resulta una mala idea.

Podemos hallar la segunda pista unos libros más adelante en el Nuevo Testamento: «*Entre ustedes ni siquiera debe mencionarse la inmoralidad sexual, ni ninguna clase de impureza o avaricia, porque eso no es propio del pueblo santo de Dios*». Eso es lo que dice Efesios 5:3. ***«Ni siquiera debe mencionarse».*** Así de altos son los estándares que se nos proponen en Efesios 5:3.

Los chicos pueden dar todas las opiniones que deseen sobre porqué ciertas cosas técnicamente no se deben considerar sexo. Pero si esas cosas tienen siquiera una mención de la inmoralidad sexual, están fuera de los límites. Efesios 5:3 deja esto tan claro como el cristal.

Y luego existe la pista número tres, que nos llega por cortesía de Colosenses 3:5: «*Por tanto, hagan morir todo lo que es propio de la naturaleza terrenal: inmoralidad sexual, impureza, bajas pasiones, malos deseos y avaricia, la cual es idolatría*».

Esto no suena a que Dios esté jugando con su gente en lo que al sexo se refiere. En lo que a Dios concierne, estás metido en una guerra a muerte contra el pecado sexual. Si tú no lo destruyes, él te destruirá a ti. No importa cuán inofensivo te parezca en este momento.

Te guste o no, Dios no te va a proveer toda la información, como se le da la comida en la boca a un bebé, para que te mantengas sexualmente puro. Él no va a resaltar con un marcador en tu Biblia los pasajes que hablan de este tema. Descubrir su voluntad es ***tu*** trabajo. Y no siempre resulta algo sencillo. Especialmente con tantas «supuestas verdades» que andan por ahí y tratando de llamar tu atención. Pero si te comprometes a aprender ***su*** Palabra y lo que ella dice acerca de la pureza sexual, él te ayudará a descubrir ***su*** voluntad.

MITO 2: SI TE PONES LÍMITES EN EL ÁREA SEXUAL, ACABARÁS CON TODOS LOS PROBLEMAS.

No me malentiendan. Cuando se trata de sexo, el hecho de que te pongas límites físicos es una estupenda idea. En especial si te comprometes a respetarlos. Pero esto no va a solucionar tus problemas por completo.

Escucha, la batalla que peleas no es solo física, es también mental y espiritual. Jesús dejó eso muy en claro cuando dijo: «Pero yo les digo que cualquiera que mira a una mujer y la codicia ya ha cometido adulterio con ella en el corazón» (Mateo 5:28). ¿Qué te parecen esos límites?

Puede que te mantengas con los pantalones puestos hasta el día de tu boda, pero eso no te apartará del pecado sexual. La mente del varón es una máquina que viaja a mil kilómetros por hora y que tiene una imaginación impresionante cuando se trata de fantasías sexuales. Los chicos son muy ingeniosos a la hora de pensar en escenas eróticas. No hay ninguna situación a la que no podamos darle un contenido sexual si realmente queremos hacerlo. Así que, sin importar donde establezcas el límite en lo físico, aún tendrás que batallar con tus ojos y tus pensamientos.

MITO 3: MÁS QUE CUALQUIER OTRA COSA, DIOS QUIERE QUE DISFRUTEMOS DEL REGALO DEL SEXO.

No te engañes al pensar que para Dios lo más importante es que yo sientas placer. No es así. «La voluntad de Dios es que sean santificados; que se aparten de la inmoralidad sexual; que cada uno aprenda a controlar su propio cuerpo de una manera santa y honrosa, sin dejarse llevar por los malos deseos como hacen los paganos, que no conocen a Dios ... Dios no nos llamó a la impureza sino a la santidad» (1 Tesalonicenses 4:3-5,7).

Dios quiere que seas puro. Él desea que lo obedezcas, que lo honres en lo que dices y haces. Anhela que vivas tu vida como un ejemplo para los demás. Eso es lo que Dios quiere. Con seguridad disfrutarás haciendo todas esas cosas, pero el objetivo final no es tu propio placer, al menos no si en verdad quieres agradar a Dios.

Como ves, esto no es acerca de obtener lo que deseas, sino de renunciar a lo que deseas... por causa de Dios. «¿Acaso no saben que su cuerpo es templo del Espíritu Santo, quien está en ustedes y al que han recibido de parte de Dios? Ustedes no son sus propios dueños; fueron comprados por un precio. Por tanto, honren con su cuerpo a Dios» (1 Corintios 6.19-20).

Dios tiene un propósito para ti. Y abusar del tema de las chicas no es parte de ese plan. Vivir una vida santa es un compromiso que abarca las veinticuatro horas del día, los siete días de la semana. No puedes hacer una pausa, ir y desordenar tu vida, y luego regresar. Para ser santo tienes que cambiar por completo la perspectiva de satisfacer tus impulsos.

Eso no significa que debas vivir como un monje y aislarte de todo el mundo. ¡Dios no es aburrido! Como mencioné en el capítulo 1, él es el que creó los centros de placer en tu cuerpo. Pero vivir una vida santa significa aprender a decir que ***no*** a tu cuerpo, aunque te este gritando que quiere acción.

CUIDARTE Y ESTABLECER REGLAS

Si quieres ponerte límites a ti mismo, no pienses en términos del tipo de caricias, manos en ciertos lugares o clases de besos. Porque sin importar lo que te digas a ti mismo antes de empezar el partido, cuando te encuentres en pleno «juego» vas a querer ir un poco más allá, vas a querer hacer el gol o por lo menos acercarte lo más posible a la portería. Esa es la manera en que la lujuria opera en este negocio.

En lugar de eso, pon tus límites en las manos de Dios. La lujuria comienza cuando dejas de complacer a Dios con tu cuerpo y empiezas a tratar de complacerte a ti mismo. Haz de esta declaración tu límite: *«El momento en el que dejo de complacerlo a él por complacerme a mí mismo»*. En otras palabras: *«el punto en el que dejo de pensar en vivir en santidad y comienzo a considerar satisfacer mis impulsos»*. Ya sea que esa situación se presente cuando estés besando, abrazando, tomando de la mano o simplemente mirando a la chica que tienes frente a ti, ¡ese es el instante en el que tienes que poner el freno y dar un giro de ciento ochenta grados!

Si eso significa que debes terminar una cita temprano... ***¡Hazlo!***
Si eso implica que tengas que dejar de estar con ciertas chicas... ***¡Hazlo!***

Si eso quiere decir que es preciso pedirle ayuda a Dios cada cinco minutos para mantener tu control... ***¡Hazlo!***

¡Así de serio e importante resulta esto!

Además, cualquier sacrificio que debas hacer para vivir en santidad es poco comparado con la recompensa de Dios que te está esperando. Cuida tu cuerpo ***hoy***, y Dios hará que realmente valga la pena tu espera más adelante.

LA COMPETENCIA

Establecer reglas de conducta entre parejas es solo la mitad de la batalla. Incluso podríamos decir que es menos de la mitad, ya que no todos los chicos con impulsos sexuales tienen novia. La otra parte de la ecuación se aplica a casi todos nosotros.

Masturbación. Autosatisfacción. Sexo personal. Llámalo como quieras. En el país de los asuntos sexuales juveniles, la masturbación es el rey. Hay un episodio en una famosa comedia que se llama *La competencia*, donde los personajes hacen una apuesta para ver quién aguanta sin masturbarse durante más tiempo. Durante treinta minutos los cuatro actores pasan por diferentes situaciones para evitar perder la competencia. Es muy gracioso observar esta clase de situaciones en la ficción, pero no resulta así cuando hablamos de la vida real.

Hace poco, cuando terminaba de dar una conferencia para varones, se me acercó un hombre que tenía un solo brazo y me preguntó:

—¿Es cierto que si uno se masturba le crece cabello en las manos?

Me detuve un momento a observar su mano izquierda, la única que tenía y entonces le dije:

—No, no es verdad, pero déjeme decirle lo que ***sí*** sucede.

—¿Qué?— pregunto él.

—El brazo con el que se masturban se les cae» —le respondí.

El hombre empezó a reírse muchísimo. Le sonreí y le dije:

—Qué bueno que cosas como esas no sean consecuencia de la masturbación. De lo contrario todos estaríamos mancos.

Pongámonos de acuerdo todos en este momento. Todos los varones que tengan un brazo y una mano se han masturbado en algún momento de la vida. He oído que el 95% de los varones ha admitido haberse masturbado, y que el 5% restante tiene el hábito de mentir. No importar si eso es verdad o no; de lo que no queda duda es de que la masturbación resulta bastante más común de lo que quisiéramos creer.

PERO, ¿LA MASTURBACIÓN ESTÁ MAL?

Hace algún tiempo, los padres les advertían a sus hijos que la masturbación causaba ceguera. Como respuesta a esta amenaza, toda una generación de jóvenes respondió: «Bueno, lo seguiremos haciendo hasta que necesitemos anteojos». La ciencia moderna (sin mencionar el estudio exhaustivo de miles de millones de chicos alrededor del mundo) ha demostrado que esa teoría es falsa. Pero el estigma aún se mantiene. La mayoría de los chicos crecen en un ambiente que les dice que la masturbación es algo por lo que deberían sentirse avergonzados.

PERO, ¿ LA MASTURBACIÓN ES PECADO?

No encontrarás un versículo en la Biblia que sea claro al respecto y que te dé una respuesta directa a esta pregunta. ¡Créanme! La he revisado de tapa a tapa.

Aun los líderes cristianos no pueden ponerse de acuerdo en este tema. Algunos enseñan que la masturbación es un regalo de Dios, una forma saludable de aliviar la presión sexual antes del matrimonio. Otros dicen que la masturbación lleva a la lujuria y que por lo tanto debe ser considerada como inmoral.

Otros han tratado de usar la historia de Onán en Génesis 38 para probar que Dios se opone a la masturbación. Esta no es una historia muy conocida, así que déjame mencionarte sus generalidades: En tiempos del Antiguo Testamento, si un esposo moría antes de tener un hijo, su hermano menor debía casarse con la viuda. Eso es lo que le pasó a Onán. Su hermano mayor, Er, murió, y él se tuvo que casar con Tamar, la esposa de Er. De acuerdo con la ley de Dios, si Onán y Tamar tenían un hijo, este sería considerado como descendencia de Er (la descendencia era considerada muy importante en esos tiempos).

Onán temía que si tenía un hijo con Tamar, esto pudiera interferir de alguna manera con su propia descendencia. Así que cuando mantenía relaciones sexuales con ella, un segundo antes de terminar eyaculaba en el suelo. Dios consideró eso como una cosa incorrecta de parte de Onán y le quitó la vida.

Pero si consideramos el pasaje con atención, veremos que Dios no castigó a Onán por masturbarse. Él lo castigó por usar a Tamar para satisfacer su deseo e impulso sexual sin cumplir con su responsabilidad de dejar descendencia para su hermano.

ENTONCES, ¿EN QUÉ QUEDAMOS?, ¿QUÉ CONCLUIMOS?

Tal vez la mejor forma de manejar este tema es decir que la masturbación es amoral en el mejor de los casos; en el peor, claramente puede ser incorrecta.

Tu desafío, una vez más, es averiguar dónde está el límite. Para poder hacerlo, necesitarás contestar tres preguntas:

1. ¿EN QUÉ PIENSAS?

Recuerda las palabras de Jesús en Mateo 5:28: «Pero yo les digo que cualquiera que mira a una mujer y la codicia ya ha cometido adulterio con ella en el corazón»). A pesar de que la masturbación técnicamente no puede ser considerada pecado, fantasear con mujeres (imaginarte manteniendo relaciones sexuales con ellas) claramente sí es pecado. Y déjame decirte que resulta muy difícil separar una cosa de la otra.

Ni siquiera te molestes en preguntar si la advertencia de Jesús incluía la pornografía. ¡Por supuesto que sí! Todo el propósito de la pornografía es hacerte caer en la lujuria. Y las palabras de Jesús no *solo* se aplican a la pornografía, sino a cualquier tipo de material que utilices para masturbarte como catálogos de ropa interior femenina, shows de videoclips, anuarios, o lo que fuere.

El hecho de masturbarte en sí no es lo que te causa problemas, sino todos los pensamientos y fantasías que lo acompañan. Si no puedes controlar tus pensamientos en medio de la masturbación, eso significa que ya has cruzado los límites.

2. ¿CUÁNTO CONTROL TIENES SOBRE TU MASTURBACIÓN?

Masturbarse de vez en cuando puede ser una cosa, pero la masturbación compulsiva constituye un serio problema. Hace algunos años un joven me confesó que se masturbaba cuatro o cinco veces al día. Su vida entera rondaba alrededor de cuándo y dónde podía masturbarse. Este puede resultar un ejemplo extremo, pero hay muchos chicos que sienten que no son capaces de resistirse al impulso de masturbarse.

En 1 Corintios 6:12, Pablo dice: «"Todo me está permitido", pero no todo es para mi bien. "Todo me está permitido", pero no dejaré que nada me domine».

Eso es lo que sucede cuando la masturbación se sale de control. Te conviertes en un esclavo de tu propio deseo sexual. Y esa no es una opción para aquellos que queremos vivir una vida en santidad.

Si la masturbación te quita mucho de tu tiempo, quiere decir que ya has cruzado los límites. Si rechazas ir a eventos sociales solo para quedarte en casa y masturbarte, has cruzado los límites. Si piensas en la masturbación en lugares como la escuela, la iglesia o cualquier otro lugar inapropiado, has cruzado los límites. Si no puedes detener el impulso de masturbarte, has cruzado los límites.

3 ¿CÓMO REPERCUTE ESTO EN TU PERSPECTIVA ACERCA DEL SEXO?

Aunque te sientas bien al masturbarte, eso constituye un substituto demasiado pobre comparado con mantener relaciones sexuales de verdad. Es importante que lo recuerdes porque Dios tiene guardado algo muy especial para ti. Y si estás dispuesto a conformarte con una emoción tan extremadamente temporal como lo es la masturbación, no podrás apreciar su increíble regalo cuando te cases. Y ese es el verdadero problema. Así que si empiezas a confundir la masturbación con lo que se debe sentir al mantener relaciones sexuales reales, has cruzado los límites.

Todo se resume en esto: ¿Si puedes decirle a Dios con sinceridad?:

- «No me estoy perdiendo con pensamientos lujuriosos».
- «Estoy en control de mi comportamiento y no soy un esclavo de mis impulsos».
- «No estoy afectando negativamente la visión que tengo del sexo».

Entonces, masturbarte ocasionalmente te puede ayudar a mantener tus tensiones bajo control.

Pero si no puedes decir las cosas mencionadas anteriormente con total sinceridad, tendrás que reconsiderar la relación que mantienes con tu mano. Eso está echando a perder la oportunidad que tienes de ofrecer tu cuerpo como un sacrificio vivo a Dios y de vivir una vida que le agrade.

HAGÁMOSLO PERSONAL

1 ¿Cómo piensas que tus amigos definirían sus límites sexuales? ¿Hasta qué punto las actitudes que ellos tienen en cuanto al sexo han afectado las tuyas?

2 En una escala del 1 al 10, ¿cuán complacido crees que está Dios con los límites que te has impuesto? ¿Qué podrías hacer para que ese número llegara a 10?

3 ¿Cuál de las 3 preguntas referidas a la masturbación te resulta más difícil de responder con verdad y sinceridad? ¿Por qué?

CAPÍTULO CUATRO
ESCAPAR DE LAS TRAMPAS SEXUALES

Mi profesor de educación sexual dice que la masturbación es algo natural y saludable para los chicos de mi edad. Entonces, ¿por qué me siento extraño cuando lo hago?

—Dennis

Le pedí a Dios que me ayudara a detenerme. Pero no está funcionando. Me masturbo más que nunca.

—Andrés

¿Por qué se hace tanto alboroto por el solo hecho de mirar fotografías en una revista para adultos? Mi papá las miraba cuando tenía mi edad. Incluso mi abuelo lo hacía, y a ellos les fue bien.

—César

Se suponía que Luis tendría la casa para él solo. Ese era el plan. Sus padres habían ido a visitar a su hermana que se encontraba estudiando en otra ciudad, y por primera vez en la historia de la familia Pérez, él no había tenido que acompañarlos.

Eso significaba que Luis dispondría de aproximadamente unas diez horas de tiempo de calidad a solas, y él sabía muy bien cómo lo iba a utilizar. Sacó un DVD de su mochila. *Documental: El conflicto político latinoamericano y sus implicaciones en la economía nacional.* Luis se sonrió mientras miraba nuevamente la caja.

Cuando Joaquín le prestó ese DVD, le había dicho que nadie abriría un disco con un título como ese. Nadie excepto ellos dos, que sabían lo que contenía.

Luis abrió la caja y leyó con detenimiento el verdadero título del DVD: *De niña a mujer. Versión no censurada.* Metió el disco y apretó *play*. Luego se acostó en el sofá.

Sin embargo, antes de acomodarse por completo, se levantó y miró a su alrededor para asegurarse de no haber pasado nada por alto. Las cortinas de la sala estaban cerradas. Nadie podía verlo. Le había echado llave a la puerta de calle, pero no con doble cerrojo. Eso lo puso un poco nervioso. La puerta de atrás seguramente también se encontraba cerrada; sin embargo, nadie la usaba, así que no se preocupó demasiado por ella.

Mientras la película comenzaba, Luis decidió que era mejor prevenir que lamentar. Se levantó, caminó hasta la puerta principal y le puso doble cerrojo. Ya que estaba de pie, pensó que sería buena idea ponerse cómodo. Subió a su cuarto y se puso sus pantalones de dormir. Luego volvió a la sala donde las chicas que se convertirían en mujeres lo estaban esperando.

Antes de regresar al sofá, consideró que necesitaba una cosa más: una lata de cerveza fría. Al pasar frente al televisor de camino a la cocina, se aseguró de no ver nada ya que no quería arruinar el momento que pronto llegaría. Pero a juzgar por el sonido de la película, las niñas ya se encontraban camino a convertirse en mujeres.

Al atravesar el comedor, Luis casi muere del susto dejando escapar un grito de asombro. ¡Sus abuelos estaban ahí, de pie en medio de la cocina!

—Abuelo, abuela, qué sorpresa, ¿qué están haciendo aquí? —les preguntó con voz entrecortada.

—No queríamos asustarte, cariño —dijo su abuela—. Tu madre nos pidió que te echáramos un vistazo de vez en cuando. Intentamos entrar por la puerta principal, pero estaba con doble cerrojo. Pensamos que te encontrarías durmiendo, así que no tocamos el timbre. Por suerte, la puerta trasera no tenía seguro.

Luis hizo una nota mental: «Revisar diez veces la puerta de atrás la próxima vez».

—¿Qué es eso que se escucha? —preguntó el abuelo, mientras se aproximaba al cuarto contiguo—. Suena a gente gimiendo.

Los ojos de Luis se abrieron de par en par y su corazón empezó a palpitar como un martillo contra su pecho.

—Estaba viendo... fútbol... en el canal de deportes, —dijo.

—¿En serio?, ¿quién está jugando? —inquirió su abuelo. Se veía muy interesado en ver el juego.

—Ah... es la liga de Austria, no he oído demasiado acerca de esos equipos —replicó Luis.

Justo cuando el abuelo estaba a punto de entrar en la sala; su abuela levantó la voz.

—No vinimos acá para que te sientes todo el día a ver deportes con tu nieto. Por favor ayúdame con estos tomates.

Luis respiró profundamente con un alivio que nunca antes había experimentado. Se las ingenió para salir de la cocina y entrar a la sala.

Tomó el control remoto y con manos temblorosas intentó apagar el equipo, recién al tercer intento logró presionar el botón de *stop*.

Justo en ese momento sus abuelos entraron a la habitación.

Después de algunos minutos de «charla de abuelos», Luis tuvo la casa para sí mismo otra vez. Se sentó en el sofá una vez más con el corazón aún latiéndole muy rápido y comenzó a pensar lo que hubiera sucedido si… ¿Qué hubiera pasado si sus abuelos hubieran llegado diez minutos más tarde? ¿Y si hubieran visto lo que en realidad estaba mirando en la televisión? ¿Y si lo hubiesen encontrado desparramado en el sofa?

A Luis le dio escalofríos el solo pensar en ello. Resultaba muy humillante imaginarse en una situación así.

Tal vez creas que este incidente constituyó una llamada de atención para Luis, pero no lo fue en realidad. Un par de días más tarde su madre casi lo sorprendió viendo *De niña a mujer* en su computadora.

Luis es consciente de lo que ocurriría si lo sorprendieran viendo pornografía, y le produce terror pensar en las consecuencias que eso tendría. Sin embargo, no puede detenerse. La emoción y la curiosidad se le han vuelto adictivas.

Y él no es el único que atraviesa por una situación semejante.

NADIE ESTÁ EXENTO

Un cantante norteamericano muy famoso llamado R. Kelly fue acusado de mantener relaciones sexuales con una jovencita menor de edad. Los que lo inculpan alegan tener videos del cantante tomados durante el acto mismo, grabados por el propio artista. Ese hombre era una de las estrellas más famosas del momento cuando comenzó el escándalo. Si las acusaciones son reales, eso significa que él estaba dispuesto a arriesgar su fama, fortuna, carrera, reputación, y hasta su futuro, por unos minutos de emoción ilegal.

El basquetbolista de la NBA Kobe Bryant fue acusado de tener sexo sin el consentimiento de una mujer en un hotel en Colorado, Estados Unidos. Bryant es considerado el mejor jugador de toda la liga. Las compañías de publicidad hacen fila para ofrecerle contratos millonarios por promocionar productos. Él tiene una bella esposa y una familia que lo apoya en todo lo que emprende. Si las acusaciones fueran ciertas, eso querría decir que este hombre estuvo dispuesto a echar todo por la borda con tal de tener una oportunidad furtiva de autosatisfacción. En el momento crucial, nada le resultó más importante que su lujuria sexual.

Michael Jackson fue en un momento la estrella más importante del universo del entretenimiento. La gente amaba su música, respetaba su talento, y se reía de sus excentricidades. Pero más adelante, esas excentricidades empezaron a tornarse raras. Comenzaron a correr rumores acerca de que al cantante le gustaban los niños... quizá demasiado. Fue acusado de pedofilia, pero los abogados arreglaron las cosas fuera de la corte. Tal vez creas que semejante humillación le sirvió como una especie de llamado de atención, pero no fue así. Jackson más tarde admitió en una entrevista televisada por los medios de comunicación, que había compartido su cama con algunos niños. Meses después fue acusado una vez más de pedofilia; otro caso de alguien que arriesgó muchísimo por no ser capaz de controlar sus deseos sexuales.

[Nota: mientas se está escribiendo este libro, ninguna de las celebridades anteriormente mencionadas fue hallada culpable o privada de su libertad. Quiero hacer notar que mi intención no es decir que esos hombres sean culpables, sino demostrar que la falta de control que tuvieron en el plano sexual los llevó a situaciones de humillación pública.]

¿Y qué de ti? ¿Alguna vez has sido sorprendido en una situación sexual humillante? No necesariamente algo ilegal, pero sí algo definitivamente embarazoso. ¿Alguna vez tu padre te preguntó por qué te acostabas tan tarde? ¿Tu madre alguna vez quiso saber por qué demorabas tanto en el baño? ¿Te preocupa que alguien se entere de lo que haces cuando nadie te está mirando?

Si es así, ¿cómo te afecta ese temor? ¿Te motiva a cambiar? ¿O simplemente te lleva a tener más cuidado para que no te «atrapen»?

Es muy sencillo caer en la trampa de la lujuria sexual. Escapar de ella es ya harina de otro costal. Las garras de esa trampa son increíblemente fuertes. Sus uñas son duras y largas. En este capítulo hablaremos de por qué la lujuria sexual se presenta como una trampa sin salida.

EL TURBOCOMPRESOR DEL DESEO

Algunas personas tratarán de decirte que si te conviertes al cristianismo o vas todos los domingos a la iglesia tus impulsos sexuales desaparecerán. Por desdicha, eso casi nunca sucede. En realidad, el ambiente de la iglesia local muchas veces solo logra empeorar el problema.

Piensa en la adrenalina que genera el cuerpo cuando alguien cede ante la compulsión sexual. Ahora considera esto: dos de los principales ingredientes para que esa adrenalina fluya por tu cuerpo son el riesgo y el secreto. ¿Alguna vez viste una película en la que alguien cometía un «crimen perfecto» y se salía con la suya? Esa es la emoción de lo secreto. La idea de hacer algo de lo que nadie se entere provoca una excitación real. Tal vez no logremos engañar a todos, todo el tiempo, como dice el viejo dicho, pero muchos de nosotros pensamos que vale la pena intentarlo.

Lo que en realidad incrementa el nivel de intensidad de toda compulsión sexual es el reisgo de ser descubierto. Para los muchachos ,el riesgo es como un turbocompresor de adrenalina. La posibilidad de ser atrapado es lo que le proporciona a la compulsión sexual su arista filosa. Si no existiera peligro, resultaría solo otro mal hábito en lugar de una irresistible comezón.

Es por eso que el ambiente eclesial y la compulsión sexual producen una combinación explosiva. Dentro de la iglesia la gente tiende a considerar los pecados sexuales como los más graves de todos. De modo que si un chico cristiano está batallando contra sus impulsos sexuales, intentará por todos los medios mantenerlo en secreto. Preferirá luchar solo antes que arriesgarse a ser condenado y rechazado ... y eso también le produce cierta emoción.

Si asistes a una iglesia, a un grupo juvenil, a una célula, a alguna clase bíblica o lo que fuere, la gente esperará que actúes de cierta manera. Y las consecuencias de ser atrapado en pecado sexual resultarán mucho más severas que las que tendría que afrontar un chico que no concurriera a la iglesia. Cuanto más graves resulten las consecuencias, mayor será el peligro. Cuanto mayor sea el peligro, mayor será la emoción.

Esa es la razón por la que los pecados sexuales resultan tan poderosamente adictivos para los chicos que van a la iglesia (con esto no quiero generalizar). Y es por eso que hay tantos jóvenes que asisten a la iglesia que viven bajo el temor de ser atrapados.

TAN FUERTE, PERO A LA VEZ TAN DÉBIL

Dios nos da un ejemplo en su Palabra de lo que puede ocurrir cuando el deseo sexual nos enajena. Se trata de la historia de Sansón. Si has oído algo acerca de Sansón, sabrás que era fuerte, increíblemente fuerte. Fue un muchacho que sin ayuda de nadie mató a miles de enemigos filisteos usando únicamente una quijada de burro.

Sansón tenía una fortaleza física que solo podía provenir de Dios. El había sido «consagrado a Dios desde antes de nacer» (Jueces 13:5). Dios tenía un propósito para la vida de Sansón que quería que la gente conociera. Por eso Sansón nunca se había cortado el cabello. Sus rizos largos y gruesos le recordaban a la gente el compromiso que tenía con Dios.

Por donde lo miremos, Sansón tenía una buena vida. Era grandote, feroz, famoso, y mantenía una relación estrecha con Dios.

No obstante, Sansón también poseía una debilidad. Le gustaba el sexo tabú. Observemos cuáles son las primeras palabras dichas por sus labios que aparecen en la Biblia: «He visto en Timnat a una joven filistea; pídanla para que sea mi esposa» (Jueces 14:2). Como mencioné anteriormente, los filisteos eran enemigos del pueblo de Sansón. Él pudo haber escogido cualquiera de las piadosas doncellas de Israel, pero él no le gustaban. A él lo excitaban las chicas malas. Deseaba la fruta prohibida.

Si satisfacer sus impulsos significaba darle la espalda a Dios y a su familia, Sansón estaba dispuesto a hacerlo. A pesar de ser tan fuerte, no pudo romper los lazos de la compulsión sexual que lo tenían atado.

El matrimonio de Sansón con la filistea fue muy breve debido a que ella murió repentinamente. Pero esto no acabó con su compulsión sexual. Años más tarde se relacionó con otra mujer filistea llamada Dalila.

Una vez que dio rienda suelta a sus impulsos, Sansón no se detuvo hasta obtener lo que quería. Y en el camino terminó perdiéndolo todo: su posición como líder de Israel; su reputación como hombre de Dios; su cabello, símbolo de su compromiso con Dios; y su increíble fortaleza. Sus enemigos filisteos lo capturaron y le sacaron los ojos. Al final, murió entre los filisteos.

A pesar de lo trágica que resulta la historia de Sansón, contiene una valiosa enseñanza (al menos para nosotros). Si somos capaces de aprender de los errores que cometió este hombre, podremos evitar una estrepitosa caída como la que lo acabó. El primer paso para llegar a ser más fuertes que Sansón es tomar conciencia de cómo comenzó su obsesión sexual y del modo en que fue creciendo hasta salirse por completo de control.

Analicemos su historia desglosándola en cuatro pasos.

PASO 1: NO PENSAR EN OTRA COSA

La Biblia no nos dice exactamente qué es lo que se cruzaba por la mente de Sansón desde la muerte de su esposa filistea hasta que se enredó con Dalila. Pero podemos decir, sin temor a equivocarnos, que los pensamientos acerca de las mujeres prohibidas nunca se apartaron de su mente. No es difícil imaginar el tipo de cavilaciones, sueños y fantasías que habrá tenido.

Finalmente viajó a Gaza, en tierra filistea. Tal vez se dijo a sí mismo que no había nada de malo en solo echar un vistazo, a pesar de que sabía que se estaba metiendo en territorio enemigo, en territorio demasiado peligroso. El poner sus ojos en las prostitutas filisteas indudablemente hizo que sus fantasías se dispararan aun más.

Sansón probablemente se haya dicho las mismas cosas que solemos decirnos nosotros acerca de nuestros impulsos sexuales:

- «No hago ningún daño con solo mirar».
- «No estoy lastimando a nadie».
- «Puedo detenerme cuando lo decida».

El hecho es que, a pesar de todo, nuestros pensamientos son semillas que germinan y crecen hasta convertirse en acciones. Y una vez que empiezan a crecer es muy difícil deshacerse de ellas.

PASO 2: REALIZAR RITUALES

Los rituales son aquellas cosas que hacemos antes de actuar movidos por nuestras compulsiones. Cuando algo nos emociona, lo repetimos una y otra vez. Se convierte en un ritual.

Los rituales de Sansón probablemente consistían en realizar repetidas visitas a Gaza y coquetear con las prostitutas filisteas, algo que le proporcionaba un poco de acción y le permitía sentir el estremecimiento de la excitación sexual. Él pudo haber argumentado que «técnicamente» no estaba haciendo nada malo. Pero lentamente se iba acercado al límite. Igual que todos los chicos que comienzan con ciertos rituales para atender sus compulsiones sexuales.

¿Tienes algún ritual? Tal vez navegar por la web durante horas. O quizás hojear revistas para hombres y mirar ciertos programas de televisión en la noche. Es muy sencillo convencerte de que estos rituales son inofensivos. Pero el hecho es que, una vez que inicias un ritual, acabas cediendo ante el impulso sexual. Tenlo por cierto.

PASO 3: ENCONTRARNOS CON LAS MANOS EN LA MASA

Finalmente, en uno de sus muchos viajes a Gaza, Sansón cedió ante la tentación y se lanzó de cabeza al precipicio. Mantuvo relaciones sexuales con una de las prostitutas filisteas (Jueces 16:1). Después de haber soportado por tanto tiempo sus impulsos sexuales, luego de haber fantaseado muchas veces con la idea, Sansón al final cedió. Le abrió la puerta a su lujuria y dejó que saliera, que fluyera libremente.

Él ignoró los deseos de sus padres. No cuidó su reputación como líder espiritual. No tuvo en cuenta su relación con Dios. Una vez liberada su lujuria, ninguna de esas cosas resultaba más importante para él que sus impulsos sexuales. Así que hizo su elección.

PASO 4: SENTIMIENTOS DE CULPABILIDAD

Jueces 16:3 nos da una pista acerca del estado de ánimo de Sansón después de haber caído al precipicio. Al parecer, había entrado al prostíbulo con audacia. Sin embargo, unas horas más tarde, salió de allí bajo el manto de la oscuridad, deseando que nadie lo hubiera visto.

¿Te parece que se sentiría culpable? Cualquier placer que hubiese sentido se debe haber desvanecido por el remordimiento. Pero no importaba cuán lejos o rápido escapara de ese lugar, Sansón no pudo huir de su conciencia culpable.

TROPEZAR CON LA MISMA PIEDRA

Después de su primera experiencia con la prostituta, probablemente Sansón se haya jurado a sí mismo mantenerse alejado de Gaza. Tal vez te has hecho promesas similares después de hacer algo de lo que te avergüenzas. Pero cuando el aburrimiento o el estrés regresan, con ellos viene el deseo de pasar por alto los límites sexuales otra vez.

Eso es exactamente lo que le sucedió a Sansón. Una vez que uno traspasa los límites por primera vez, la segunda resulta más fácil ... mucho más fácil. En realidad es problable que, los impulsos sexuales sean mucho más fuertes que antes. Esa fue la razón por la que regresó a Gaza para obtener más de aquella emoción barata. Y fue por eso que su historia tuvo un final tan triste.

Cada vez que te entregas a tus deseos sexuales:

- tus impulsos sexuales se tornan más intensos,
- tus ansias de riesgo aumentan, y
- tu capacidad de resistir ante la tentación se debilita.

De la misma forma en la que un remolino atrae a su víctima hacia las profundidades, la compulsión sexual puede llevar a la perdición incluso al chico más fuerte. Solo pregúntale a Sansón.

Esas son las malas noticias; aquí están las buenas noticias:

¡LIBERTAD!

«Así el pecado no tendrá dominio sobre ustedes, porque ya no están bajo la ley sino bajo la gracia». Esa es una garantía escrita por Dios para todos aquellos que confían en Cristo como Salvador. Puedes verlo en Romanos 6:14.

Sin embargo, no siempre ese fue el caso. Versículos como Romanos 5:21 y Gálatas 3:22 aclaran que antes de que viniera Cristo éramos esclavos del pecado. Estábamos atrapados por él. No teníamos otra opción más que obedecer a nuestros impulsos pecaminosos.

Pero luego vino Jesús. Su vida, muerte y resurrección rompieron las cadenas que nos ataban al pecado y nuestra posición cambió. Ya no somos esclavos del pecado, hemos sido liberados. Ya no *tenemos* que obedecer a nuestros impulsos pecaminosos; en lugar de eso, podemos escoger otra alternativa. Romanos 6:2 dice que hemos muerto al pecado. Y eso es permanente.

Pero aún no empieces a bailar la danza de la victoria. Tal vez seas consciente de que el pecado no ha desaparecido de la escena. Ya no es tu amo, pero aún es tu enemigo. Y tendrás que luchar contra él todos los días de tu vida.

Pero esta es una batalla que puedes ganar.

Ya no eres esclavo del pecado. Así que no te comportes como tal. «Por lo tanto, no permitan ustedes que el pecado reine en su cuerpo mortal, ni obedezcan a sus malos deseos» (Romanos 6:12).

Jesucristo es tu amo ahora. «De la misma manera, también ustedes considérense muertos al pecado, pero vivos para Dios en Cristo Jesús» (Romanos 6:11).

¿Quieres saber cómo hacer eso? Sigue leyendo…

HAGÁMOSLO PERSONAL

1. ¿Cuándo fue la última vez que te sentiste atrapado por tus impulsos sexuales? ¿Qué sucedió?

2. ¿Cómo crees que reaccionarían las personas de la iglesia si descubrieran los problemas y compulsiones sexuales con los que luchas a diario?

3. ¿Qué sientes al saber que ya no eres esclavo del pecado? ¿Cómo influye ese conocimiento en tu lucha contra la compulsión sexual?

CAPÍTULO CINCO
ENARBOLAR LA BANDERA BLANCA

Cada vez que intento detenerme, me vuelvo loco.
Y enloquezco a mi familia y amigos. ¡No vale la pena!
—Daniel

Lo que hago cuando estoy solo es cosa mía. A nadie más debería importarle
—Fernando

Me llevé un susto terrible el otro día cuando mi padre dijo que necesitaba usar mi computadora. Me dio miedo que viera la colección de fotos que tengo allí. Creo que debería deshacerme de ellas antes de que alguien las vea.
—Bernal

Juan tomó su agenda y la arrojó a través de la habitación. Era 1º de enero. El primer día del año todavía no llegaba a su fin y él ya había pasado por alto uno de los propósitos que tenía para el nuevo año. La situación le resultaba familiar. Había hecho el mismo compromiso el año pasado ... y el anterior a ese; y al igual que en esta ocasión, lo había roto.

¡Dejaré de buscar cosas que me exciten para masturbarme!

Juan soltó una carcajada. No habían pasado ni quince horas desde que tomara la sincera decisión de dejar ese hábito. Sin embargo, había sucumbido ante la edición especial de trajes de baño de *Deportes Ilustrados* que tenía guardada en un estante de su biblioteca desde hacía más de dos años.

Cuando vio a esa rubia de la portada en su diminuto traje de baño rojo, Juan supo lo que iba a hacer. No pudo detenerse; ni siquiera lo intentó.

Cuando Juan terminó, colocó la revista en su mesita de noche, para que no se perdiera. *Ya rompí mi promesa de año nuevo,* se dijo, *así que no hay razón para dejar de hacerlo ahora.*

¿La historia de Juan te resulta familiar? ¿Alguna vez intentaste dejar de masturbarte a partir de imágenes eróticas? ¿Te preocupa que el provocarte placer a ti mismo se convierta en una adicción?

NUNCA DIGAS ¡NO!

Algunas personas te dirán que la batalla para controlar tus impulsos sexuales es una causa perdida. Sugerirán que los deseos sexuales de un chico son demasiado poderosos como para ser controlados. te harán creer que si quieres vivir como Dios desea, andarás toda la vida sexualmente frustrado y sintiéndote un miserable a toda hora.

Pero así hablan los perdedores.

¿Qué harías si el entrenador de tu equipo te pidiera que repitieras por quinta vez una serie de flexiones ante la inminencia de la próxima temporada? ¿Qué harías si sientes que tus brazos están a un tris de destruirse y que la vena de tu cuello está a punto de explotar? ¿Qué harías si sientes como si un cuchillo atravesara tus costillas y que los músculos de todo tu cuerpo ya no resisten más?

¿Dejarías de hacer flexiones y te retirarías del entrenamiento? ¿Te dirías a ti mismo que no eres lo suficiente fuerte como para cumplir con las exigencias de tu entrenador?

¡Jamás!, si es que en verdad estás comprometido con el equipo.

En lugar de eso, respirarías profundamente y sacarías fuerzas de la flaqueza. Apretarías los dientes y volverías a levantarte. Ignorarías el dolor de tus manos y tu pecho. Terminarías las flexiones a mayor velocidad, logrando de ese modo llamar la atención de tu entrenador. Y al final del entrenamiento, regresarías a casa con la confianza de que puedes hacer cualquier cosa que se le ocurra a tu entrenador.

¿Qué haces cuando en la clase de matemática las cosas empiezan a ponerse difíciles? ¿Cuando descubres que la materia es mucho más difícil de lo que creías? ¿Cuando el profesor resulta ser menos indulgente, y mucho más aburrido, de lo que esperabas? ¿Cuando las tareas para la casa empiezan a consumirte la mayor parte de tus horas nocturnas? ¿Cuando tu promedio anual de calificaciones está en juego?

¿Te deshaces de la clase como de una papa caliente? ¿La reemplazas por una materia sencilla en la que la calificación esté asegurada?

¡Jamás!, si es que tomas en serio tu educación. Eso, sin mencionar tu ingreso a la universidad.

En lugar de ello, respiras profundo, haces una autoevaluación para detectar la causa por la que estás fallando, y asumes el problema. Tomas clases de apoyo. Consigues un tutor. Te «quemas las pestañas» hasta entender la materia. Comes, bebes, y sueñas con matemática hasta que se vuelve parte de ti. Terminas el curso a lo grande, y con la confianza de que no existe ninguna materia lo suficiente difícil para ti.

Esa es la mentalidad de un ganador.

PELEAR LA BUENA BATALLA

¿Qué haces cuando sientes que tus impulsos sexuales empiezan a apoderarse de tu vida? ¿Qué medidas tomas cuando pasas horas buscando en Internet o en la televisión escenas calientes para masturbarte, o cuando no eres capaz de mantener una conversación con una chica sin fantasear con ella?

¿Dejas que te ocurra sin presentar batalla? ¿Ya no te preocupas por lo que está bien y lo que está mal? ¿Te autoconvences de que tu deseo sexual es demasiado fuerte como para ir en contra de él?

¡Jamás!, si te tomas en serio el presentar tu cuerpo a Dios como sacrificio vivo.

En lugar de eso, te armas de valor. Te transformas en un guerrero. Dejas de tratar tus impulsos sexuales como si fueran amigos y los comienzas a enfrentar como al enemigo que son.

Por supuesto que resulta mucho más fácil decirlo que hacerlo. Un hombre describía su propia situación de esta manera: *«No logro entenderme a mí mismo, porque verdaderamente quiero hacer lo que es bueno, pero no lo hago. En cambio, hago las cosas que detesto… Pero no puedo evitarlo porque es el pecado que está dentro de mí el que me lleva a hacer estas cosas».*

Este sería el pensamiento de cualquier joven, ¿verdad? El de cualquier tipo normal que se sintiera atacado por la tentación en todos los flancos. El de aquel «fulano» al que su naturaleza pecaminosa permanentemente lo amenazara con destruirlo. El de alguien que supiera por experiencia todo el daño que sus deseos desordenados pueden provocarle.

¿Te sorprendería saber que palabras como esas fueron dichas por el apóstol Pablo? (Puedes leer su sorprendente confesión en Romanos 7:15,17.) Piensa en esto, él era una persona escogida por el mismo Dios para iniciar una obra increíble: plantar las primeras iglesias y llevar el evangelio de Jesús a las personas que no lo conocían. ¡Pablo fue el escritor de la mayor parte del Nuevo Testamento, por el amor de Dios!

Y él peleaba contra los mismos sentimientos de culpa y de autodesprecio por lo que hacía, y luchaba contra la misma impotencia con la que luchamos tú y yo. Si una persona como Pablo batallaba contra esas cosas, podemos asegurar que nadie resulta inmune a ellas.

Sin embargo, no debemos malinterpretar las palabras de Pablo. Es verdad que algunas veces él se frustraba a causa del poder que tenía su enemigo, pero no era un perdedor. Se negaba a abandonar la lucha. Cada vez que el pecado y la tentación tocaban a su puerta, Pablo se ponía los guantes y peleaba otra batalla.

¿Estás listo para perseverar en la lucha contra tus compulsiones sexuales?

HACER UN ANÁLISIS DE LA SITUACIÓN

Antes subir al cuadrilátero es preciso conocer las dimensiones que tiene tu adversario. ¿Cuán grande es tu compulsión sexual? Si no vas a ser extremadamente sincero, ni te molestes en responder las siguientes preguntas, porque no te va a servir de nada. Si tienes un problema serio, el primer paso es admitirlo. Si no estás seguro de lo serio que es tu problema, te proporciono cuatro preguntas que te van a ayudar a definirlo.

1 ¿TU COMPORTAMIENTO ES SECRETO?

¿Estás haciendo cosas que te rehúsas a contarles a los demás? Si las personas más cercanas a ti se dieran cuenta de lo que haces, ¿cambiarían sus sentimientos hacia ti? ¿Mientes para esconder tu conducta? Si es así, te estás aislando poco a poco de la gente que amas. Además, estás empezando a entablar una relación con un hábito que puede convertirse en una adicción.

2 ¿TU COMPORTAMIENTO ES ABUSIVO?

¿Tu comportamiento sexual genera dolor emocional o físico para ti o para otras personas? ¿Tu conducta resulta degradante? ¿Explota a otras personas (por ejemplo, a las mujeres de las revistas)? ¿Sientes placer al ver cómo se abusa de otras personas en alguna forma?

Si has respondido *«sí»* a cualquiera de estas preguntas, es preciso que tomes control sobre tu conducta. (¿No te preocuparía observar este tipo de comportamiento en otra persona?)

3 ¿UTILIZAS TU COMPORTAMIENTO PARA ALIVIARTE DE SENTIMIENTOS DOLOROSOS?

¿Alguna vez te masturbaste para cambiar tu estado de ánimo? ¿Te masturbas (o buscas cualquier otro tipo de escape sexual) cuando estás deprimido, o cuando te sientes aburrido o enojado?

Usar la masturbación para quitar el sufrimiento de tu vida es una conducta adictiva.

4 ¿TU COMPORTAMIENTO INTENTA SUSTITUIR A UNA RELACIÓN DE COMPROMISO Y AFECTO GENUINOS?

¿Alguna vez has usado la masturbación para obtener la clase de intimidad que no logras alcanzar en tus relaciones personales?

Si has respondido que «sí» a cualquiera de las cuatro preguntas anteriores, tienes un serio enemigo contra el que batallar en tu vida.

LA HORA DE LA VERDAD

Si has llegado al punto de considerar hacer algo con tu compulsión sexual, quiere decir que definitivamente lo necesitas. Para bien o para mal, la mayoría de los chicos no enfrentan estos impulsos hasta que se ven obligados a hacerlo. Algunas veces ocurre algo que les hace darse cuenta de que su vida se encuentra fuera de control.

Entoonces, ¿cuál es tu historia? ¿Qué es lo que te ha pasado? ¿Qué te hizo llegar a este punto? Será que...

- ¿Accidentalmente dejaste tu DVD de pornografía en el reproductor de la familia?
- ¿Llegó a tu casa una cuenta de teléfono altísima en la que figuraban líneas telefónicas calientes?
- ¿Olvidaste eliminar de tu computadora algunas fotografías que bajaste de Internet, y tu hermana las vio?
- ¿Alguien te sorprendió comprando una revista pornográfica en la tienda?

¿Te acuerdas de Sansón? La hora de la verdad le llegó casi al final de su vida. Cegado por la lujuria, se durmió en el regazo de Dalila mientras le cortaban el cabello, que era la fuente de su increíble fortaleza.

Cuando el último mechón de su pelo cayó al suelo, los soldados filisteos hicieron lo que querían hacer con él desde la primera vez que vieron a ese grandulón: doblegarlo. Lejos de la fortaleza de Dios, Sansón no fue capaz de resistirse. Fue entonces cuando las cosas se pusieron feas.

Sus enemigos le sacaron los ojos y lo convirtieron en un payaso de circo. Le dieron al pueblo filisteo la posibilidad de burlarse y de humillar al gran héroe israelita que los había aterrorizado durante tanto tiempo.

Sin embargo, algo muy curioso ocurrió en la etapa de humillación de Sansón. Su cabello empezó a crecer otra vez. Y lo mismo ocurrió con su relación con Dios. El Señor perdonó a Sansón y lo utilizó una vez más. El héroe israelita echó abajo el templo filisteo destruyendo a sus enemigos y a sí mismo.

Sansón aprendió en carne propia lo que todo chico debe saber. Dios es un Dios de segundas oportunidades. Y terceras oportunidades. Y cuartas oportunidades. Él nunca se da por vencido con nosotros.

Pero antes de que experimentemos la increíble gracia de Dios, debemos admitir que la necesitamos. Debemos volvernos a él y pedirle ayuda. Muchas veces tendremos que acudir a otras personas también.

Y eso no resulta nada fácil, ya que si eres como la mayoría de los jóvenes, tu instinto natural te llevará a decir: «No necesito ayuda, yo puedo resolverlo solo».

Ese es un error. Mira, no puedes confiar en tu propia fortaleza para vencer tu propia compulsión. Una batalla de esa naturaleza no puede ganarse luchando en soledad.

NUNCA SERÁS MÁS PODEROSO QUE TU LUJURIA

¿Recuerdas las palabras del apóstol Pablo en Romanos 7? ¿Aquello de hacer las cosas que no quería y no lograr hacer lo que quería? Si un tipo como Pablo no pudo lograr tener control sobre su compulsión, sería muy arrogante de nuestra parte pretender que podemos. En especial cuando toda nuestra cultura está decidida a que pensemos en el sexo todos los días de nuestra vida.

Pongamos un ejemplo. Digamos que mañana por la mañana decides que vas a pasar todo el día sin tener pensamientos lujuriosos acerca de ninguna mujer que se te cruce en el camino. Considera el campo lleno de minas eróticas que vas a tener que atravesar: la chica en bikini que aparece en el gran afiche camino a la escuela, la profesora suplente que tiene un cuerpo increíble, tu compañero que querrá contarte con lujo de detalles lo que hizo la noche anterior con una de las porristas, la revista que se encuentra en la tienda de libros, las chicas semidesnudas que aparecen en televisión cada diez segundos. Eso, además de las miles de tentaciones extra que estarán llamándote a gritos durante todo el día.

No tienes que salir a buscar las tentaciones, están por todos lados. Por eso no eres capaz de controlar tu lujuria por ti mismo. Te encuentras en gran desventaja numérica si peleas tú solo.

Recuerdo una vez que un amigo me miró muy serio y me dijo: «Yo nunca tendré problemas con la lujuria sexual».

Lo mire a los ojos y le dije: «Eres absolutamente asombroso. Si eso es cierto, eres más fuerte que el mismo Sansón, más piadoso que David y más sabio que Salomón».

Se sentó en su silla y me miró por un tiempo sin decir una sola palabra. Luego contestó: «Nunca lo había considerado desde ese punto de vista».

Te garantizo que si Sansón, David y Salomón hubieran estado allí, le habrían dicho: **«Tú no puedes vencer la lujuria por ti mismo».**

NO PUEDES REFORMAR TU LUJURIA

Muy bien, podrías pensar, *tal vez no pueda ser más poderoso que mi lujuria, pero quiza logre mejorarme a mí mismo. Puedo reformar mi lujuria. Después de todo, yo soy cristiano, leo la Biblia y oro mucho.*

Desafortunadamente, nuestro apetito por la lujuria es tan diabólico que va a utilizar hasta los mandatos de Dios para tentarnos. Mira lo que dice Pablo: «Se me hizo evidente que el mismo mandamiento que debía haberme dado vida me llevó a la muerte; porque el pecado se aprovechó del mandamiento, me engañó y por medio de él, me mató» (Romanos 7:10-11).

La ley de Dios enciende nuestro deseo: queremos lo que no podemos tener. Cuanto más prohibido esté algo, más atractivo nos resultará. Dios dice no, y nuestra lujuria grita sí, sí, sí. Dios dice *háganlo*, nuestra carne responde: *¡no quiero!*

Intentar reformar nuestra lujuria es como tratar de convertir a un perro en una persona. Durante trece años nuestra familia tuvo un perrito llamado *Calabacita*. En todos esos años le enseñé a Calabacita distintos tipos de trucos, y no solo los comunes como sentarse, dar la pata o quedarse quieto. También lo amaestré para que brincara a través de un aro, cerrara puertas y se hiciera el muerto cuando le disparaba con una pistola imaginaria.

No obstante, a pesar de todo el entrenamiento que le di, no pude evitar que Calabacita se comportara como un perro. Siempre hizo cosas muy «perrunas». Comía todo tipo de porquerías, olía a otros perros en lugares en los que solo un perro se atrevería, e iba al baño en público. A pesar de lo bien que lo entrené, nunca dejó de ser un perro.

De la misma forma, la tendencia a pecar que tenemos no cambia cuando nos entregamos a Cristo. Puedes ir a la iglesia, leer tu Biblia, orar todos los días y aun llegar a ser uno de los líderes juveniles de la iglesia ... todo eso sin que tu naturaleza pecaminosa sea reformada.

Cuando ella te domina, eres capaz de hacer cualquier cosa diabólica, ya seas creyente o no Cuando la lujuria toma el control, las posibilidades de reformarla son las mismas que tenía Calabacita de obtener una maestría en leyes.

JAMÁS PODRÁS ELIMINAR TU LUJURIA

La tendencia natural que tenemos en nuestro intento de batallar contra las adicciones y compulsiones sexuales es la de abstenernos de todo. Pero eso no resulta suficiente. La abstinencia por sí misma no elimina la lujuria. No me malentiendas, ese es un buen comienzo. Pero si tu única estrategia es dejar de masturbarte, no resolverás el problema que tienes con la compulsión sexual. Te garantizo que encontrarás otra forma de ingeniártelas.

Es imposible matar nuestra lujuria con la abstinencia. Hasta el día en que estemos en la presencia de Dios y ya no haya más pecado en nosotros, pelearemos contra nuestra carne y contra la lujuria que ella genera. La lujuria es como un monstruo que crece en nuestras vidas. Creo que el siguiente poema capta bien la idea:

El Dragón

Encontré un dragón a mi paso
Pequeño y ágil.
Por favor, quédate conmigo un tiempo.

Cada día dábamos una vuelta,
Dueño y mascota.
¿Por qué, entonces, siento este frío sudor?

Luego vi que él asió la correa,
Tirano y vil,
Y no tuve opción.

Encontré un dragón a mi paso,
Enemigo falso y letal
Que no me dejará escapar.

El dragón que está en nuestra alma, el viejo hombre, se resistirá a dejarnos ir. Puedes ignorarlo por un tiempo. Luego, insistir en que te suelte. Pero si esperas romper sus cadenas, lo primero que tendrás que hacer es reconocer su presencia y admitir que no tienes suficiente poder como para liberarte de sus lazos.

Cuanto más rápido te canses de pelear la batalla perdida en contra de la lujuria, mejor. Mira las palabras de desesperación de Pablo cuando se cansó de luchar: «¡Soy un pobre miserable! ¿Quién me librará de este cuerpo mortal?» (Romanos 7:24).

Esas no son palabras de alguien que se da por vencido. Son palabras de un hombre que se ha cansado de engañarse con una bravuconería machista. Son las palabras de alguien que es consciente de que necesita refuerzos para afrontar la lucha que tiene por delante. Constituyen la expresión de una persona que comprende que es preciso llevar la batalla al siguiente nivel. Es la convicción de un hombre que está listo para llamar a la caballería.

Se trata de las declaraciones de una persona que toma en serio la intención de derrotar su lujuria.

¿Ya entendiste que no puedes derrotar la lujuria tú solo? ¿Estás dispuesto a pedirle ayuda a Dios para vencer en esta guerra? Si es así, entonces estás listo para dar el siguiente paso hacia tu libertad.

No dejes de leer.

HAGÁMOSLO PERSONAL

1. ¿Crees que el hábito de masturbarte se te ha ido de las manos? Si es así, ¿qué evidencias tienes de ello? Si no es así, ¿qué te hace pensar que lo tienes bajo control?

2. ¿Cuáles son las diez cosas más fuertes que hacen que tus intentos de sobreponerte a la lujuria por ti mismo caigan por tierra? Sé específico. Piensa en los programas de televisión, las situaciones diarias, las personas, y cualquier otra cosa que tienda a encender tus deseos.

3. ¿Cuál es tu preocupación principal cuando consideras la posibilidad de admitir tu necesidad de batallar en contra de la lujuria?

CAPÍTULO SEIS
ESTAR EN LUZ

He hecho algunas cosas que ni Dios puede perdonar.

—Kenny

¿Por qué la gente se mete en lo que no le importa y pregunta acerca de lo que me ocurrió cuando era niño? Eso pertenece al pasado y allí se va a quedar.

—Marcelo

Tal vez tenga algunos problemas para controlarme a mí mismo. Pero por lo menos no soy tan malo como algunos chicos que conozco

—Mateo

Me encontraba dando una charla a un grupo de estudiantes de secundaria en el norte de California cuando me di cuenta de que algo no andaba del todo bien. Mientras hablaba, percibí que el grupo se reía en ciertas ocasiones en los que no era para nada apropiado. Por lo general utilizo el humor cuando doy charlas, así que al principio asumí que el grupo entendía los chistes que había hecho algunos minutos más tarde.

Sin embargo, las risas inadecuadas continuaron. Así que hice lo que cualquier persona haría en la situación en la que me encontraba: Intenté lo más disimuladamente posible revisar el cierre de mi pantalón. Pero no podía darme cuenta si estaba abierto mientras trataba de que ellos no notaran mi intento de cerrarlo. Así que a partir de ese momento sostuve mi Biblia justo debajo del cinturón durante el resto de la charla, procurando parecer natural.

Cuando terminé de hablar, me sorprendió descubrir que el cierre de mi pantalón había estado cerrado todo el tiempo. Varios estudiantes se reunieron a mi alrededor y empezaron a hacerme preguntas. Antes de responderles, yo tenía un interrogante que resolver: «¿De qué se reían mientras yo hablaba?»

«¡Ah!», me dijo una de las chicas con una risa entrecortada, «es que tiene un acento tejano muy gracioso».

Randy, el otro autor de este libro, cierta una vez tuvo una experiencia «pornográfica» cuando se encontraba junto a sus padres (evidentemente él no sabía lo que estaba haciendo). Sucedió algunos años atrás, en los inicios de Internet. Sus padres habían comprado su primera computadora que incluía una tarjeta especial para navegar por Internet. Randy, como hijo abnegado, les estaba enseñando a buscar información en la web.

Justo en ese momento por la radio pasaban una canción titulada «Una chica desnuda en mi cama». Así que Randy digitó en el teclado «Una chica desnuda en mi cama» para obtener más datos acerca del grupo musical (no pienses mal del bueno de Randy).

Como probablemente te imaginarás, las páginas que empezaron a aparecer tenían muy poco que ver con la banda que estaban escuchando de fondo y mucho con temas sexuales. Esa clase de sexo que no quieres ver en la pantalla de tu computadora mientras tus padres miran por encima de tus hombros.

¡No sé si mencioné que el padre de Randy es un pastor bautista!

Tal vez tú tengas algunas anécdotas igualmente embarazosas para contar. Por desdicha, nadie está libre de pasar por situaciones como esas en alguna oportunidad. Sin embargo, algunos chicos parecen tener un doctorado en «situaciones vergonzosas», porque siempre andan metidos en ellas. Son chicos que saben que se habla de ellos a escondidas por lo que hacen, pero no les importa en lo más mínimo.

No obstante, la mayoría de nosotros preferiríamos enfrentarnos cara a cara con un tigre antes que revelar ciertas cosas que nos pondrían en una situación vergonzosa. La sola idea de que alguien nos vea en nuestro momento de debilidad o sepa que hemos hecho algo estúpido o humillante es suficiente para erizarnos la piel.

VERGÜENZA TÓXICA

Lo creamos o no, la vergüenza que sentimos cuando estamos avergonzados por algo que hemos hecho resulta saludable. Nos recuerda que somos humanos y que debemos pensar antes de actuar. Nos ayuda a no tomar tan en serio las cosas. Sin embargo, hay otro tipo de vergüenza que no es saludable. Y que en verdad resulta tóxica. Es como aquel desperdicio radioactivo que destruye el envase que lo contiene. Nos carcome de adentro hacia afuera. Y si no somos cuidadosos, puede provocarnos mucho daño.

Esa clase de vergüenza tiene que ver con lo que tú eres como varón. Proviene de la creencia de que te has fallado a ti mismo ... y, aún peor, que le has fallado a Dios. Por lo general, los jóvenes que luchan con este tipo de vergüenza:

- se ven a sí mismos como personas en las que no se puede confiar,
- intentan prevenir a otras personas de que no deben acercarse demasiado a ellos, y
- les da miedo mirarse a ellos mismos muy de cerca por temor a lo que puedan hallar.

Como resultado, se sienten alejados de Dios. Separados de sus amigos y de las personas que aman. Incluso se sienten extraños con ellos mismos.

Ante tanto aislamiento, es preciso encontrar intimidad en algún lugar. Así que la buscan en alguna experiencia sexual. Tal vez en la pornografía, o en la masturbación compulsiva. Utilizan cualquier medio. La idea es hacer algo que les proporcione una sensación de intimidad, a pesar de que lo que hacen sea cualquier cosa menos intimidad.

El problema es que cada vez que uno intenta ir tras esa falsa intimidad, regresa con más vergüenza. Y cuanta más vergüenza experimenta, más necesita atenuar ese sentimiento con nuevas situaciones de falsa intimidad que incremente la vergüenza. Esto continúa y continúa en un círculo vicioso.

ENFRENTAR LA VERGÜENZA

El asunto es que la mayoría de los jóvenes prefieren entrar en ese círculo vicioso antes que enfrentar la vergüenza. Porque confrontarse con ella resulta una cuestión muy difícil para un chico.

El querer evitar y eludir la vergüenza no es nada de nuevo. Las personas lo vienen haciendo desde el inicio de la historia humana.

Vamos otra vez a la historia de Adán y Eva en el jardín del Edén. Génesis 2:25 nos dice que «el hombre y la mujer estaban desnudos, pero ninguno de los dos sentía vergüenza». Eso debe de haber sido increíble, no tener nada que esconder y disfrutar de una absoluta intimidad uno con el otro y con Dios.

Pero de repente, el pecado entró en la escena. Por haber desobedecido a Dios, Adán y Eva experimentaron culpa por primera vez. Quedaron marcados de por vida a nivel espiritual.

Notemos que su primera reacción fue sentir miedo. Tenían temor de que Dios viera su pecado y los rechazara. Así que se escondieron. Intentaron encubrir su vergüenza de la misma forma en que tú y yo lo hacemos.

Pero Dios no estaba de humor para jugar a las escondidas. Él sacó a Adán y Eva de su escondite y los trajo a la luz. Descubrió lo que trataban de esconder con todas sus fuerzas. No lo hizo para humillarlos, sino porque constituía la única manera de reconstruir la intimidad que habían perdido entre ellos mismos y con el Creador.

EL JUEGO DE LA PAPA CALIENTE

Si en verdad te parece importante mantener una relación cercana con Dios, tendrás que traer tus culpas y vergüenza a la luz. Para ello será preciso que dejes de procurar esconder la verdad acerca de ti mismo.

¿Cuándo fue la última vez que jugaste a «la papa caliente»? De niño me gustaba mucho este juego; me resultaba emocionante y debo reconocer que era muy bueno y muy rápido. Cada vez que la papa llegaba a mis manos, me tomaba una fracción de segundo pasarla a mi compañero, y por lo general ganaba el juego. Ninguna papa quedaba en mis manos.

Creo que muchos jóvenes se han convertido en expertos jugadores de «la papa caliente espiritual». Hemos aprendido a evitar la responsabilidad por las cosas que hacemos. Y cuando la verdad se acerca a nuestras manos, se la pasamos a otro (o la arrojamos lejos).

Pero es momento de que dejemos de jugar. En lugar de esquivar la verdad, intenta aferrarte a ella. Sí, leíste bien, *aferrarte*, abrazarla, sujetarla con fuerza. Llegó el tiempo de enfrentar tus propios secretos oscuros y los de tu familia. Asuntos como:

- Abuso físico o sexual
- Peleas familiares o alcoholismo
- Uso de drogas
- Imperfecciones o defectos de los que nunca hablas
- Tu propio comportamiento sexual

Esos secretos son la verdadera fuente de tu vergüenza. Constituyen la razón por la que crees que nadie te amaría si te conociera verdaderamente. Resultan la causa por la que mantienes a la gente, aun a los amigos más cercanos, a una distancia prudencial.

ASUMIR LA RESPONSABILIDAD

Sin embargo, es preciso entender que los secretos, por dolorosos que sean, ¡no sirven como excusa para justificar nuestro comportamiento! Son lo que son: la difícil verdad de nuestro pasado y de nuestro presente.

Una vez que hayas enfrentado tus secretos, debes considerar quiénes han sido las personas con las que has estado jugando a la *papa caliente espiritual*. Aquellos a los que has intentado echarles la culpa. Debes admitir que eres el único responsable de tu conducta sexual. No lo son tus padres. No lo son las chicas de la escuela a las que les gusta mostrar el cuerpo. No lo son los necios que decidieron crear los sitios pornográficos en Internet.

Tú eres responsable de tu comportamiento sexual. Esa es una verdad realmente dolorosa.

Si estás listo para afrontarla, te sugiero que tomes papel y lápiz y confecciones tres listas.

En la primera, anota cada secreto vergonzoso acerca de ti mismo que puedas recordar.

En la segunda lista, registra las excusas que has usado para justificar o explicar tu comportamiento.

En la tercera, escribe el nombre de cada persona o situación a la que le has echado la culpa de tus problemas.

Una vez que las tengas, estarás listo para dar el siguiente paso.

ENTREGAR EL ASUNTO A DIOS

Una vez que hayas enfrentado tus problemas, será momento de hablar de ellos con Dios. Al principio es posible que la idea te provoque temor, pero el recordar que él ya conoce todas esas cosas puede resultarte tranquilizador. No se va a sorprender de lo que le digas.

Algo que también puede servirte para entrar en confianza es la historia del hijo pródigo que se encuentra en Lucas 15:11-32. Si no estás familiarizado con ella, te daré los detalles principales. Un jovencito quería que su vida fuera más emocionante, así que un día le exigió a su padre que le diera la parte de la herencia que le correspondía, dejando en claro que le importaba más el dinero de su progenitor que su misma persona.

El padre a regañadientes accedió a darle el dinero, aunque no estaba de acuerdo con su conducta. Y el jovencito se fue de casa con los bolsillos llenos de dinero para gastar. Su viaje lo condujo a un país distante, en el que se dedicó a despilfarrar el dinero y a vivir en una fiesta perpetua, con los amigos, mujeres y alcohol que el dinero puede comprar.

Pero ninguna fiesta dura para siempre. De modo que llegó el momento en el que el dinero del joven se terminó, y con él los amigos y las mujeres. Necesitaba más dinero, así que consiguió un trabajo alimentando cerdos. Se encontraba solo, se sentía miserable y tenía mucha hambre. Cuando la comida de los cerdos comenzó a resultarle apetitosa, se dio cuenta de que había «tocado fondo». Así que volvió a sus cabales y reconoció que solo había un lugar al que podía ir.

Lleno de vergüenza regresó a casa. En el camino ensayó lo que le iba a decir a su padre para arreglar las cosas. Revisó cada pecado cometido en contra del pobre viejo. Y buscó la mejor forma de decirle: «Verdaderamente metí la pata; necesito tu perdón y tu ayuda».

El hijo pródigo estaba en el mismo punto de su vida en el que tú puedes encontrarte ahora. Y tal vez, al igual que tú, no sabía muy bien cómo iba a reaccionar su padre. Pero lo que él descubrió acerca de su padre es lo que espero que tú aprendas con respecto a Dios.

ENTENDER EL AMOR DE DIOS

No importa el estado caótico en el que tu vida esté, nunca te encontrarás tan sucio como para que tu Padre celestial no pueda amarte. De hecho, ¿sabes lo que él está haciendo en este momento? Está deseando que vuelvas a casa.

Observemos el modo en que reaccionó el padre cuando vio regresar a su hijo. No esperó a que el chico llegara de rodillas. Corrió a recibirlo. Lo abrazó, lo besó, e hizo que su hijo se sintiera amado y deseado a pesar de lo que había hecho.

Lo mismo siente Dios por ti, aun cuando le hayas dado la espalda. Aun cuando hayas cometido serios errores. Aun cuando creas que nadie es capaz de amarte.

Dios no solo te ama, él te acepta. Y está listo para usarte en su plan.¡De verdad, quiere usarte a *ti*! Él tiene un trabajo importante que desea que realices, no importa lo negro que haya sido tu pasado.

ACEPTARNOS DE LA MANERA EN QUE DIOS NOS ACEPTA

No me malentiendas. Esto no es un programa de televisión en el que todo se resuelve en media hora. No estoy diciendo que la culpa vaya a desvanecer por completo en el momentos que le cuentes tus faltas a Dios. No importa lo cerca que estés de él, ocasionalmente batallarás con el miedo a ser rechazado. Y cuando la lujuria toque a tu puerta para invitarte a practicar algunos viejos hábitos, tendrás que pelear contra los sentimientos de «Yo no valgo nada», «No merezco perdón» y «Soy patético», una vez más.

En ese momento será preciso recordar de dónde provienen estos sentimientos. No provienen de ti sino de tu naturaleza pecaminosa, cortesía de Satanás. Recuerda, él va a utilizar cualquier táctica que esté a su alcance para hacerte caer y alejarte de Dios. Si la culpa y la vergüenza resultan eficaces en tu caso, ¿adivina qué va a usar en tu contra una y otra vez?

Tu mejor defensa contra esos ataques es la verdad. Y la verdad es que Dios te ama incondicionalmente, no importa lo que hayas hecho ni tampoco cuántas veces. Recuerda, ningún estándar es más alto que el de Dios, y si él ha declarado que vale la pena amarte, no necesitas segundas opiniones. Puedes amarte a ti mismo (no estoy hablando de las nuevas filosofías de «amate a ti mismo» y «tú puedes vencer al mundo», me refiero al valor que Dios te ha dado).

Eso es algo para tener en cuenta. Para repetírtelo a menudo. Cuando te encuentres a solas, di en voz alta: «Dios me ama incondicionalmente. Yo recibo ese amor. Puedo amarme a mí mismo». Si la mayor parte de la vida has estado diciéndote lo malo y terrible que eres, posiblemente te vaya a costar un poco cambiar esa opinión que tienes de tu propia persona. Así que no te rindas. ¡Sigue intentándolo!

Recuerda, no hay nada que puedas hacer para que Dios te ame más. Lo voy a volver a decir: Él te ama incondicionalmente. Si te rehúsas a creer eso, estás diciendo que Dios es un mentiroso. Estás afirmando que conoces tu valor mejor que el mismo Dios.

¿Y no crees que eso resulte un poco tonto?

HAGÁMOSLO PERSONAL

1. ¿Con cuánta frecuencia batallas con sentimientos de vergüenza? ¿Qué cosas hacen que esos sentimientos vengan a tu corazón?

2. ¿Cuán difícil te ha resultado escribir las tres listas de secretos, excusas y personas? ¿Qué hizo que fuera tan difícil?

3. ¿Qué es lo que hace que te sientas distante de Dios? ¿Qué cosas te hacen sentir cerca de él?

CAPÍTULO SIETE
ESCOGER A TU SEÑOR

Puedo dejar de masturbarme cuando quiera.
Solo que aún no deseo hacerlo.
—Henry

Generalmente, ¿cuánto tiempo toma hasta que uno logra detenerse?
Porque yo lo he intentado tres veces. ¿Está tan mal?
—T.J.

¿Qué es lo peor que me puede pasar si no me detengo?
—Antonio

Me gusta practicar esquí acuático con los pies descalzos. Me encanta la sensación que produce la espuma suave y cristalina bajo mis pies cuando voy a grandes velocidades. Me encanta ver la estela que voy dejando a mi paso. Y me fascina el desafío de mantenerme firme y hacer trucos en el agua sin los esquíes.

A través de los años, muchos amigos me han preguntado si puedo enseñarles a esquiar descalzos. Siempre les he respondido lo mismo: «Si estás dispuesto a estrellarte de cara contra el agua a setenta kilómetros por hora una y otra y otra vez, entonces puedo enseñarte».

La mayoría de ellos han dicho que están dispuestos a enfrentar el desafío. Al menos en teoría. Han afirmado que tienen la disposición a intentarlo, a pesar de todas mis advertencias.

No obstante, una vez que llegamos al agua, muchos se rinden luego de recibir los primeros golpes en la nariz. Su confianza se va desvaneciendo, y con ella el deseo de esquiar sobre el agua. Unos cuantos, sin embargo, se niegan rotundamente a rendirse. No les importa cuántas veces caigan o cuánto dolor experimenten. Están determinados a esquiar descalzos o a morir en el intento.

¿Cuál es la diferencia entre aquellos que renuncian y aquellos que lo siguen intentando? No se trata de inteligencia. No es la tolerancia al dolor que poseen. Ni siquiera tiene que ver con valentía o coraje. ¿Habilidad atlética? ***No***, tampoco. Creo que la diferencia está en el compromiso. Algunos se meten en la cabeza, aun antes de llegar al agua, que *van* a esquiar descalzos aunque sea lo último que hagan. Y con el tiempo lo logran.

A otros les gusta la *idea* de esquiar descalzos. Pero cuando las cosas se ponen difíciles, se rinden. No calculan el costo antes de comenzar y eso siempre resulta una mala idea. Para tener éxito, debemos considerar el esfuerzo que nos va a costar. Es una regla universal, ya sea que queramos esquiar descalzos sobre el agua o derrotar nuestra compulsión sexual.

CAMBIOS DIFÍCILES

Si eres adicto a la masturbación, la pornografía o cualquier otro hábito sexual pecaminoso, cambiar tu estilo de vida no resultará sencillo. Incluso si no eres adicto a ello, si apenas estás comenzando a explorar tus impulsos sexuales, descubrirás que es muy difícil volver al estado de pureza sexual que tenías antes.

Seamos sinceros: Escoger ser puro significa renunciar a algo que tú disfrutas. Implica enfrentar el aburrimiento y la vergüenza que estás tratando de evadir. Significa decirle que ***no*** a un intenso deseo de satisfacción y placer.

En otras palabras, ser sexualmente puro demanda un compromiso extremo. Y antes de que te comprometas a algo tan serio, tienes que considerar el costo que tu decisión conllevará. De esa manera podrás prepararte para los desafíos que te esperan más adelante. Podrás evitar que las emociones y dificultades que desconocías te cieguen.

A la hora de medir los costos, algo muy importante es considerar las consecuencias que el pecado sexual tendrá y compararlas con los beneficios que el vivir una vida de pureza sexual te redituarán. A muchos jóvenes les ha ayudado a fortalecer su compromiso de castidad el ver el panorama completo.

Tal vez a ti también te sirva. Intenta confeccionar una lista de las cosas negativas que pueden suceder cuando permites que tu compulsión sexual controle tus acciones. Esa lista debe incluir las consecuencias que ya has sufrido, tal vez la relación tirante con tus padres o las dificultades que encuentras a la hora de relacionarte con chicas de verdad y no con las mujeres ficticias que has visto en las películas pornográficas. Incluso puedes agregar el sentirte disgustado contigo mismo. Sea lo que fuere, ponlo en la lista.

Si no estás acostumbrado a hacer listas, déjame darte un consejo. Piensa en los peores escenarios posibles. Imagina lo que podría suceder si tu compulsión sexual tomara el control absoluto de tu vida. Luego escribe lo que crees que ocurriría en todas las diferentes áreas de tu vida. Acá te dejo una guía que tal vez te resulte útil.

CONSECUENCIAS DOLOROSAS QUE AFRONTARÉ SI CONTINÚO

1. *En relación con Dios:*
2. *En relación con mis padres:*
3. *En relación con mis estudios:*
4. *En relación con mi novia:*
5. *En relación con mi futura esposa:*
6. *En relación con mi salud:*
7. *En relación con mi reputación:*
8. *En relación con mis amigos cercanos:*
9. *En relación con mi auto imagen:*
10. *En relación con mi futuro:*

Una vez que termines esa lista, empieza una segunda. Esta vez da vuelta a la moneda. Piensa en lo que pasaría si no cedieras ante tus impulsos sexuales. Por ahora quiero que te enfoques en las cosas negativas que implicaría el detenerse, las consecuencias que te han hecho tan difícil tomar la decisión de decirle que no a tu lujuria.

Si has intentado sin éxito renunciar a las páginas pornográficas o dejar de masturbarte compulsivamente, escribe las cosas que te impiden alcanzar tu objetivo.

CONSECUENCIAS DOLOROSAS QUE ENFRENTARÉ SI ME DETENGO

1. Aburrimiento

2. Un dolor emocional duradero en lugar del intento de aliviarlo

3. Un deseo intenso de revivir las experiencias sexuales del pasado.

4. ____

5. ____

6. ____

7. ____

8. ____

Por lo general, la mayoría de los chicos que batallan contra la compulsión sexual llegan a un punto de desesperación. Eso ocurre mayormente cuando alguien descubre el secreto o cuando la culpa y la vergüenza se hacen tan enormes que ya no pueden con ellas. Dios utiliza esas situaciones como «llamadas de atención».

Sin embargo, para algunos jóvenes una simple llamada de atención no resulta suficiente. Algunas veces Dios tiene que tomar a un muchacho y darle un martillazo en la cabeza para captar su atención. Si eso es lo que necesita, Dios lo hará. Él es así de serio en lo que se refiere a la pureza sexual. Así que hazte un favor a ti mismo y ¡abre los ojos ahora!

Si eres capaz de imaginar todo el dolor y sufrimiento que causa tu compulsión sexual, podrás comenzar a ver cuánto mejor sería hacer un compromiso de mantenerte puro. No importa lo difícil que parezca, te va a favorecer.

Una vez que termines las dos listas, quiero que prepares una tercera. Esta vez te pido que pienses en los beneficios que redituará el mantenerse sexualmente puro.

BENEFICIOS QUE TRAE LA PUREZA

1. *En relación con Dios:*

2. *En relación con mis padres:*

3. *En relación con mis estudios:*

4. *En relación con mi novia:*

5. *En relación con mi futura esposa:*

6. *En relación con mi salud:*

7. *En relación con mi reputación:*

8. *En relación con mis amigos cercanos:*

9. *En relación con mi autoimagen:*

10. *En relación con mi futuro:*

Quisiera que profundizaras lo más posible cada punto de la lista. No te conformes con dar respuestas obvias. Por ejemplo, podrías convertirte en un modelo para algún amigo en cuanto a la manera de superar el problema de la compulsión sexual y ganarle la batalla a la lujuria. Él se va a impresionar mucho (aunque nunca te lo diga). Y va a estar muy interesado en descubrir de dónde has sacado la fortaleza para hacerlo. Si él ve la diferencia que Dios está haciendo en tu vida, tal vez se interese en saber lo que Dios puede hacer en su propia vida también.

Cuando mires en perspectiva los beneficios y las consecuencias, te darás cuenta de que la opción lógica es la pureza sexual. Por desdicha, los varones no siempre nos caracterizamos por usar la lógica, en especial cuando la lujuria está involucrada. Tenemos la tendencia a hacer cosas que provocara todo tipo de problemas solo por el placer momentáneo que el satisfacer un deseo pueda proporcionarnos.

Te estoy desafiando a que venzas el impulso de ser ilógico. Mira con detenimiento la factura que te está pasando tu compulsión sexual. Haz un compromiso de modificar tus hábitos sexuales antes de que ellos te hagan más daño.

UNA BUENA ACCIÓN LLEVA A OTRA BUENA ACCIÓN

Debo recalcar que darle la espalda al pecado sexual no es el fin del proceso. Además de eso debemos volvernos a Dios. Piensa en eso como una acción simultánea, como cuando un trapecista está a punto de saltar. No se trata solo de soltar el trapecio, sino de sujetarse a las manos de su compañero. Si ambas acciones no son claras, caerá estrepitosamente. Lo mismo se aplica a ti. Si no sueltas tus pecados sexuales y te sujetas a Dios, vas a caer.

Volverte a Dios significa dedicar tiempo a considerar qué es exactamente lo que Dios quiere que hagas ... y luego decidirte a realizarlo con la ayuda y gracia del Señor.

Cuando el apóstol Pablo nos insta a presentar nuestros cuerpos en sacrificio vivo a Dios, él menciona que eso es algo «racional» (Romanos 12:1 RVR1960). Lo que quiere decir es que es algo lógico e inteligente. En los once capítulos anteriores del libro de Romanos, Pablo les recuerda a los lectores que la misericordia de Dios les ha otorgado perdón, aceptación, libertad de la lujuria, un futuro increíble y el poder para vivir una vida victoriosa.

Entonces, si Dios no merece tu completa devoción, ¿quién la merece? ¿Qué es lo que han hecho por ti la pornografía o la masturbación como para ser dignas de tu devoción? ¡Absolutamente nada! Recuerda que cualquier cosa que controle tu vida, está usurpando un derecho que le corresponde a Dios. Y a él no le gusta compartir lo que le pertenece.

¿POR QUÉ NO?

Puesto en papel suena muy lógico, ¿no es cierto? Después de sopesar los beneficios y las consecuencias, deberíamos preguntarnos: ¿Por qué alguien que se plantea seriamente la posibilidad de complacer a Dios no toma la decisión inmediatamente? Es una buena pregunta. Veamos cuatro razones frecuentes que los chicos suelen dar para explicar su falta de compromiso. Fíjate si alguna de ellas te resulta familiar.

1ª RAZÓN: «QUIERO ESPERAR HASTA QUE ME ENDERECE».

A simple vista parece una noble manera de pensar: desear ser más aceptable a los ojos de Dios antes de entregarte a él. Pero eso resulta tan absurdo como limpiar la casa a fondo antes de que la encargada de la limpieza se presente. No tiene sentido. Dios no nos ha pedido que nos «arreglemos» a nosotros mismos y que luego pongamos nuestra mirada en él. Quiere que vengamos tal cual estamos para que él nos sane.

Dios te ama tal cual eres. El poder de Dios, y no el tuyo, es lo que necesitas para cambiar. En Juan 15:1-8, Jesús compara su relación con nosotros con las ramas de una vid. Nosotros somos las ramas. El trabajo de la rama es permanecer sujeta a la vid y llevar fruto. La tarea de la vid es la de producir fruto.

Vivir una vida de pureza sexual es el fruto de nuestra sana relación con Dios. Él es el que produce ese fruto. Nosotros somos los que llevamos. No podemos hacer nada sin no estamos en relación con él.

2ª RAZÓN: «YA ME HE COMPROMETIDO CON DIOS ANTES Y NO HA FUNCIONADO».

Muchos varones creen que cuando se comprometen con Dios él quita sus deseos lujuriosos de la misma manera en que un cirujano extirpa un tumor. Ellos esperan estar libres de deseos por el resto de sus vidas. Cuando descubren que no es así, se sienten confundidos y desanimados. Creen que Dios no ha respetado su parte del trato y entonces regresan a la antigua vida.

¡No cometas ese error! Debes entender desde el principio que Dios no va a quitar la lujuria de ti cuando vengas a él. Él no se encarga de hacer ***tu*** trabajo. Lo que sí hace es darte las instrucciones y el poder que necesitas para controlar esos deseos.

3ª RAZÓN: «ME COMPROMETÍ CON DIOS HACE MUCHO TIEMPO, ASÍ QUE NO NECESITO VOLVER A HACERLO».

¿Has escuchado alguna vez que hay matrimonios que «renuevan sus votos»? Estas parejas lo hacen por muchas y variadas razones. Algunos al celebrar un aniversario importante. Otros para volver a estar juntos después de alguna infidelidad o algún otro problema. No es que se vuelven a casar, porque de hecho siempre han estado casados. Simplemente recuerdan y renuevan el compromiso que tienen el uno con el otro. Revitalizan su pasión por la relación que mantienen.

Algunas veces los chicos necesitan hacer lo mismo con Dios. Tenemos que renovar nuestro compromiso. Es preciso decirle oficialmente a Dios, y a nosotros mismos, que él es nuestro Señor y nuestro Maestro, él es nuestro Amo. Debemos perseguir la pureza sexual con una nueva pasión y voluntad para vencer.

4ª RAZÓN: «NO SOY DIGNO DE COMPROMETERME CON DIOS».

Algunos chicos no se sienten dignos del amor de Dios. Tal vez es porque no son capaces de controlar su compulsión sexual. ¿Y sabes qué? Esos sentimientos son correctos. Ellos no son dignos del amor de Dios. Yo tampoco. Ni tampoco...

- Jacob, que le robó la posesión más valiosa a su hermano;
- Moisés, que asesinó a un hombre a sangre fría;
- Sansón, cuya lujuria sexual era tan extrema como su fuerza;
- David, que adulteró con una mujer casada y ordenó que su esposo fuera asesinado;
- Pedro, que negó su relación con Jesús con tal de salvar el pellejo.

Te comento algo que puede resultarte novedoso: «¡Nadie es digno o merecedor del amor de Dios!» Todos, sin excepción, nos hemos equivocado de una manera catastrófica.

Afortunadamente, Dios no nos pide que nos ganemos su favor. Si así lo hiciera, solamente la perfección podría acercarnos a él. Así que podemos respirar aliviados ya que el cristianismo no se trata de ser perfectos. Se basa en dar pequeños pasos, y al tropezar, levantarse de nuevo y volver a caminar. Con suficiente tiempo y práctica, podremos aprender a tropezarnos cada vez menos.

Pero una cosa es segura. No importa el nivel de pureza que alcancemos, nunca mereceremos el favor de Dios. Además, nunca podremos cambiarnos a nosotros mismos. Es por eso que tiene tanto sentido entregarse por completo a aquel que nos ama más allá de lo que hayamos hecho y que tiene el poder para cambiarnos.

PADRE E HIJO

¿Estás listo para asumir este riesgo? Si tienes la profunda convicción de que comprometerte con Dios es lo más inteligente que puedes hacer, ¿por qué no lo haces ahora mismo? Imagina que eres el hijo pródigo que regresa a la casa de su padre. Has hecho muchas cosas de las que te arrepientes y que han decepcionado a tu padre.

Pero en lugar de encontrarte con un Padre amargado y rencoroso, te hallas ante un Dios que corre hacia a ti con los brazos abiertos. Ahora es el momento de confesarle lo que has hecho mal. Es tiempo de decirle lo arrepentido que estás. Y que estás dispuesto a servirlo en lugar de servir a tu lujuria.

Esa es la forma en la que presentas tu cuerpo como sacrificio vivo. Debes entregarle tu cuerpo a Dios. Vivir tu vida para él y permitir que él viva a través de ti. Esa es la manera de obtener las fuerzas para controlar tu lujuria.

UNA CRISIS DE FE

Cuando te consagres a Dios van a suceder dos cosas: primero, Dios te ayudará a detectar las áreas de tu vida en las que tienes que cambiar. Es cierto que él te acepta tal como eres. Pero te ama demasiado como para dejarte en el estado en que te encontró. Es por eso que mostrará los pensamientos y acciones que debes cambiar para llegar a la pureza sexual. Te va a dejar muy en claro qué cosas no puedes seguir haciendo en tu vida si quieres vivir cerca de él.

Pero, además, va a ocurrir otra cosa. Cuando comiences a considerar los cambios que debes hacer, experimentarás una crisis de fe. Cuanto más te comprometas a derrotar tu lujuria, más consciente serás de lo doloroso que eso resultará. Es como estrellarse una y otra y otra vez contra el agua a setenta kilómetros por hora mientras se esquía.

Tu cuerpo va a gritarte que satisfagas tu lujuria... solo una vez más. Ese es el momento en el que tendrás que decidir si dejarás que sea Dios el que vele por tus necesidades, o buscarás la forma de satisfacerlas por ti mismo. ¿Obedecerás a Dios o no?

Es la misma crisis que las personas vienen experimentando desde los tiempos bíblicos. Cuando Dios llama a alguien, esa persona debe decidir si va a creer que Dios cuidará de él. Para Abraham eso significó dejar su propio hogar y viajar hacia un país lejano y desconocido. Sin embargo, él partió hacia allá porque creyó que el Señor lo iba a proteger y se iba a encargar de sus necesidades. Años después, estuvo dispuesto a ofrecer a su propio hijo como sacrificio humano a Dios, porque creyó que el Señor lo resucitaría de la muerte (si no conoces la historia, te cuento que al final Dios, de una manera sobrenatural, salvó al muchacho de la muerte). Sea lo que fuere que Dios le pidiera, Abraham estaba dispuesto a dárselo.

Esa es la clase de compromiso extremo que Dios quiere. Él desea que confíes en que él mismo te protegerá y proveerá para ti. Quiere que le permitas cambiar la forma en la que piensas y actúas.

¡TÚ PUEDES LOGRARLO!

Obviamente estás leyendo este libro porque quieres salir de ciertas situaciones y deseas ser puro. Eso me provoca la misma sensación que experimentaba al esquiar descalzo sobre el agua. Siento la misma ansiedad que sentía cuando un amigo y yo esperábamos a que saliera el sol para ir al agua y afrontar el desafío de aprender a esquiar. Para mi amigo significaba aprender a esquiar sobre el agua, y para mí ser capaz dc cnseñarle. Nos habíamos preparado durante mucho tiempo y el día ya había llegado. Él estaba listo para asumir el compromiso. Y yo sabía que podría hacerlo.

De igual manera, sé que puedes alcanzar tu meta. En lo que queda del libro te mostraremos cómo establecer con Dios la clase de compromiso que él desea a través de un plan que sin duda alguna funcionará.

HAGÁMOSLO PERSONAL

1. ¿Cuál es tu mayor temor cuando intentas vencer tus compulsiones sexuales?

2. Antes de empezar a leer este libro, si alguien te hubiera preguntado por qué no te comprometías con Dios a vivir en pureza, ¿qué le habrías dicho?

3. ¿Puedes pensar en tres cosas que Dios te señalaría para cambiar en tu vida?

CAPÍTULO OCHO
DESCUBRIR EL NUEVO YO

Se supone que soy una «nueva criatura» en Jesús, ¿no?
Entonces ¿por qué sigo haciendo las mismas cosas que antes?
¿Por qué Dios no me ha cambiado?

—Javier

Si todos mis pecados ya han sido perdonados,
no importa cuántas veces me masturbe, ¿no es cierto?

—Jonathan

Si continúo haciendo lo que estoy haciendo,
¿significa que realmente no soy salvo?

—Rafael

¿Recuerdas las películas *13 Going on 30* [El sueño de mi vida] protagonizada por Jennifer Garner. O *Big* [Grande] con el afamado Tom Hanks, o tal vez *All over me* [Todo acerca de mí] interpretada por el comediante Steve Martin? Si te acuerdas de ellas, sabrás que las tres tienen un tema en común: La transformación.

13 Going on 30 es la historia de una jovencita de trece años que desea con todo el corazón ser mayor. En una fiesta pide un deseo y a la mañana siguiente se da cuenta de que tiene una vida diferente en el cuerpo de una mujer de treinta años. *Big* nos cuenta acerca de un muchachito de trece años que también pide el deseo de ser mayor, y a la mañana siguiente ese deseo se vuelve realidad. *All over me* nos muestra cómo se transforma la vida de un hombre el día en el que el espíritu de una mujer que ha muerto recientemente invade su cuerpo.

Si eres aficionado a las películas, tal vez recuerdes otros títulos en los que los protagonistas experimentan cambios drásticos. La idea de que la vida de una persona cambia radicalmente por un solo acontecimiento es un tema muy recurrente en Hollywood.

La temática resulta todavía más frecuente en las páginas del Nuevo Testamento. No puedes ir de un párrafo a otro en la segunda parte de la Escritura sin tropezarte con pasajes que relaten acerca de cómo los seguidores de Jesús son transformados.

En el momento en el que tomaste la decisión de seguir a Jesucristo, te convertiste en una nueva persona. Algo cambió en tu vida. Tal vez no tengas claro qué fue con exactitud, pero con el tiempo lograrás percibirlo. Empezarás a entender tu nueva identidad.

Como mencioné en el capítulo 7, una vez que nos entregamos por completo a Cristo, Dios empieza a mostrarnos cuáles son las áreas que debemos cambiar. Y no hay cambio que resulte más importante que la imagen y el concepto que tenemos de nosotros mismos.

Cuando abras tu corazón y saques a la luz lo que te avergüenza, confieses tu pecado, y te comprometas a obedecer por completo al Señor, estarás listo para dar el siguiente paso: permitirle a Dios que modifique el modo en el que te ves a ti mismo.

ACEPTACIÓN INCONDICIONAL

La idea de que alguien te acepte incondicionalmente puede resultarte un tanto difícil de asimilar. Especialmente si estás acostumbrado a que la gente recuerde constantemente tus fracasos, guarde rencor hacia ti o te castigue por tus errores pasados. Tal vez te asombre que Dios pase por alto todas las cosas desagradables que has hecho. Pero la verdad es que él no las pasa por alto.

¿Recuerdas la película *La pasión de Cristo?*. Jesús sufrió horriblemente y murió en una cruz, padeciendo un dolor atroz, para pagar por cada cosa mala que hayas hecho. Si pensar en esto no te emociona y te humilla al mismo tiempo, deberías seguir meditando en ello hasta tomar consciencia del valor que tiene.

La primera vez que comprendí lo que Jesús había hecho y de qué manera eso me afectaba a mí, dejé salir un inmenso suspiro de alivio. De jovencito nunca fui lo que podríamos decir un cristiano practicante. Y en las raras ocasiones en las que asistía a la iglesia, me sentía tan fuera de lugar como un vegetariano en un restaurante de parrilla libre. Me veía a mí mismo como un pecador y a todo el resto como a santos. Siempre me había preguntado qué es lo que una persona tendría que hacer para estar en paz con Dios.

Mis amigos religiosos me habían dado toda clase de respuestas. Algunos me dijeron que tenía que ir a la iglesia. Otros que debía dejar de decir malas palabras (ya te imaginas cómo les respondí). Hasta hubo quienes que me sugirieron que intentara ser bueno y dejar de ver a las chicas como objetos sexuales. No importaba la proveniencia de los consejos, todo se resumía en lo mismo: «Tenía que ganarme el favor de Dios con mis acciones».

Recuerdo que pensaba: *Si eso es lo que hay que hacer para tener una buena relación con Dios, estoy en graves problemas.* No soportaba ir a la iglesia. No podía controlar mi lenguaje. Y tampoco era capaz de quitarles los ojos de encima a las chicas.

Cuando descubrí la verdad, cuando supe que todo lo que tenía que hacer era confiar en el perdón que Jesucristo me ofrecía, me quedé estupefacto, porque eso era algo que yo ***sí*** podía hacer. Podía creer que Jesús había pagado por mis pecados con su muerte. Podía creer que su resurrección me daba vida eterna. Así que un día le entregué mi vida a Cristo y deposité mi confianza en él como mi Salvador.

Y, ¡oh, sorpresa! Las cosas empezaron a cambiar inmediatamente en mi vida. Ciertos hábitos contra los que había luchado durante años, de repente dejaron de ser un problema para mí. Comencé a figurarme que si resultaba tan sencillo ser una nueva persona, este asunto del cristianismo sería pan comido. Así que comencé mi nueva vida con la seguridad de que la lujuria y el lenguaje vulgar eran problemas del pasado.

CUATRO PASOS PARA SER LIBRES

Levanten la mano los que creen que me iba a llevar un chasco. Muy bien, pueden bajarlas. Por supuesto que sí estaba equivocado con respecto a que los deseos sexuales eran asunto del pasado. Cuando empecé a despertar a esta realidad, luego de haber confiado en Cristo, me asusté. Afortunadamente no entré en pánico. En lugar de eso, salí a buscar respuestas por todos lados, y las encontré en los escritos de Pablo.

Déjame darte un resumen de lo que descubrí. Existen cuatro pasos para ser libres de las garras de la lujuria:

PASO 1: «DEBES SABER QUIÉN ERES EN CRISTO».

Si alguien te pidiera que te describieras a ti mismo, podrías elegir distintos tipos de criterios para dar tu respuesta. Podrías hablar de tu apariencia física *(1.75m, 70 kg., cabello castaño, ojos negros, una cicatriz sobre la ceja derecha).* Podrías mencionar el historial de tu familia *(«Soy hijo único, mi mamá es madre soltera, mis padres se divorciaron cuando yo tenía cinco años»).* Tal vez podrías hablar de tu procedencia geográfica *(«Nací en Costa Rica, me mudé a Guatemala cuando tenía cinco años. Y he estado viviendo en Buenos Aires desde que ingresé a la universidad»).* Hasta podrías mencionar tus gustos *(«Soy fanático del Barcelona, no me gusta el rap, me encanta ver películas»).* Todas estas cosas dicen algo acerca de tu personalidad.

Pero ¿qué dirías si alguien te pidiera que te describieras como cristiano? ¿Por dónde empezarías? ¿Qué dirías de la forma en la que vives? ¿Qué mencionarías sobre las cosas que has permitido que sucedieran en tu vida? ¿Qué dirías de aquellas que no te estaba permitido hacer?

¿SABES QUIÉN ERES EN CRISTO?

Si no estás seguro, quiero decirte que no eres el único. Miles de cristianos a lo largo de la historia han batallado con la idea de lo que significa vivir para Cristo. Cuando Pablo escribió su carta a la iglesia de Roma, él sabía exactamente a qué se enfrentaban estas personas, especialmente en lo relacionado con el perdón de Dios.

Algunos proclamaban que si Dios perdona a todo aquel que cree en Cristo, entonces somos libres de hacer lo que deseemos ... algo así como tener un crédito ilimitado en la *tienda del pecado.*

Sin embargo, Pablo aclaró que los cristianos que caían por esa mentira estaban malinterpretado su identidad cristiana. Lo que sucede es que nos identificamos con Cristo en su muerte, en su sepultura y en su resurrección: esa es la base de nuestra nueva identidad.

¿Sabes lo que eso significa? Significa que todo lo que es verdad acerca de Cristo resulta cierto acerca de nosotros también (excepto el hecho de ser Dios). Pablo lo proclama de esta forma: «He sido crucificado con Cristo, y ya no vivo yo sino que Cristo vive en mí» (Gálatas 2:20). El viejo Pablo, todo lo que él era antes de conocer a Jesús, murió en la cruz con Jesús. Después de conocer al Hijo de Dios, Pablo se transformó en una nueva persona.

Si quieres una explicación más clara, ve a 2 Corintios 5:17: «Por lo tanto, si alguno está en Cristo, es una nueva creación. ¡Lo viejo ha pasado, ha llegado ya lo nuevo!»

Como somos una nueva creación, no tiene sentido que vivamos de la manera en que lo hacíamos antes. Dios nos ha libertado del poder del pecado y la lujuria. Pensemos en lo que significa tener esa clase de poder dentro de nosotros. ¿Tiene el pecado poder sobre Cristo? ¡Por supuesto que no! Eso significa que el pecado tampoco tiene poder sobre ti. Recuerda: ¡todo lo que es verdad acerca de Cristo, lo es también acerca de ti!

Algunos años atrás escuché la historia de un marinero al que le tocó estar en servicio bajo el mando de un capitán estricto y exigente. Después que el marinero acababa de lavar la cubierta del barco, el capitán se la hacía volver a lavar. Si él terminaba de pintar los barrotes, el capitán lo obligaba a darle una mano más.

Finalmente, el joven marinero recibió la baja militar. Ya no tendría que obedecer las órdenes de aquel déspota que quería controlarlo cada segundo de su vida.

Varias semanas después de salir del ejército, el ex marinero se encontró con este hombre en un pueblo cercano. Cuando el capitán lo vio, furiosamente le ordenó que regresara al barco. El ex marinero, acostumbrado a seguir órdenes de inmediato, se dio vuelta y empezó a caminar en dirección al barco. Un segundo después recapacitó y se dio cuenta de que ya no tenía que obedecer las órdenes de este hombre. Ya no se encontraba bajo la autoridad de su antiguo capitán. En lugar de volver al barco, sacudió su cabeza y caminó en dirección opuesta como un hombre libre.

Esta historia ilustra muy bien lo que Pablo dice en Romanos 6: hemos sido librado del poder de la lujuria. Tienes que entenderlo. El poder de Cristo está en ti, y no hay nada más poderoso que eso.

¡El Dios todopoderoso que se levantó de la muerte y es dueño de todo el universo vive en ti! Esa es tu nueva identidad en Cristo.

PASO 2: «DEBES CREER QUE VIVES CON CRISTO».

Si la lujuria te ha dado bofetadas durante algún tiempo, es posible que no sientas que ya no tienes poder sobre tu vida. Puede que no te consideres una nueva persona. Si ese es el caso, deja de confiar en tus sentimientos y empieza a depositar tu fe en Cristo. Él ha destruido el poder del pecado en tu vida. Lo sientas o no, es un hecho irrefutable.

El poder ilimitado de Cristo es tuyo para que lo utilices. Tu fe es la que lo desata. Considera la cantidad de fe que diariamente utilizas sin siquiera darte cuenta. Cada vez que te sientas en una silla, demuestras fe en que ella te sostendrá. Cuando subes a un auto y viajas por la autopista, muestras confianza en que los carros van a manejar por la derecha y que nadie va a chocar de frente contigo. Al subir a un avión, depositas tu fe en que el piloto te llevará al destino al que quieres llegar.

Ahora imagina lo que puedes lograr si decides utilizar tu fe en Cristo como un arma en tu lucha contra el deseo sexual. Ten en cuenta que el poder de Cristo sobre el pecado no te beneficiará a menos que lo uses. Eso lo lograrás creyendo que todo lo que es verdad acerca de Cristo lo es también acerca de ti y confiando en que Cristo vive a través de ti.

PASO 3: «DEBES ENTREGARTE A DIOS».

Cuando te sientas tentado a:

- Darle una hojeada a las revistas para adultos
- Visitar ciertos sitios porno en la web
- Fantasear con alguna chica de la escuela, el barrio o la iglesia
- Ceder ante tu lujuria de una u otra manera

Tendrás que realizar una elección. La decisión que tomes se basará en el concepto que tengas de ti mismo. Si te consideras esclavo del pecado, incapaz de negarte a tus propios deseos, probablemente obedecerás las órdenes que tu lujuria imparta.

Pero si te ves como alguien que es libre del poder del pecado, actuarás como una persona libre y te alejarás de la tentación. Demostrarás tu fe con tus acciones. Confiarás en que Cristo te ha dado el poder que necesitas para obedecer.

La próxima vez que la lujuria toque a tu puerta, vuélvete a Cristo. No trates de ser un ejército de un solo soldado luchando tú solo. ¡Vas a perder! No intentes ignorarla creyendo que se irá por donde vino. Más bien, haz una oración rápida. Dale las gracias a Dios por darte la victoria sobre el pecado. Agradécele por proporcionarte un poder del tamaño de Jesús. Pídele que te ayude a experimentar la victoria que él te ha dado.

Si intentas pelear contra la lujuria con tus propias fuerzas, no tienes la más mínima posibilidad de ganar. ¡Es demasiado poderosa! Esa es la razón por la que es preciso que te aferres fuertemente a tu compañero de equipo. Deja que Cristo obtenga la victoria por ti.

Cuando estaba en noveno grado, uno de mis compañeros me despreciaba. Su nombre era Ronald Kompton. Medía 1,85 metros y pesaba más de 90 kilos. Te aseguro que no es la clase de enemigo que desearías tener cuando solo mides 1,70 metros y pesas 55kilos. Para darte una idea de la desigualdad que existía entre ambos, te diré que el puño de Ronald era comparable al tamaño de mi cabeza.

Una noche Ronald llegó tarde a una fiesta. Cuando descubrió que yo me encontraba ahí, se dispuso a darme caza. Empezó a insultarme y a empujarme. Como un idiota, le permití que me llevara hasta el jardín principal en donde me prometió que me mataría.

Me encantaría decirte que en ese momento saque fuerzas de mi debilidad y le propiné una paliza al mejor estilo David y Goliat. Desearía contarte que desde ese momento mi archienemigo dejó de molestarme gracias a la gran victoria que obtuve esa noche. Pero no fue así.

La verdad es que hice de todo. Solo me faltó besarle los pies para evitar que Ron me golpeara despiadadamente, y se los hubiera besado si eso me hubiera ayudado a salvar el pellejo.

Estábamos en ese jardín rodeados por unos treinta chicos fanáticos de los golpes y sedientos de sangre. De repente un automóvil se estacionó al lado de nosotros. Un momento después se escuchó un portazo y alguien gritó: «¡Kompton!»

De inmediatao reconocí la voz. Era mi buen amigo a Michael Temple. Mike era el único chico de la ciudad más grande, fuerte y malo que Ronald. Era jugador de fútbol americano, así que puedes imaginarte su figura. Era un chico realmente rudo y le encantaba pelear.

Muy pronto Mike se hizo espacio entre la multitud. Como en toda pelea entre varones, se le acercó a Ronald y lo golpeó con el hombro. «Ronald», dijo, «si quieres meterte con Bill, tendrás que pasar por sobre mi cadáver».

Sentí una ráfaga de valentía correr por mis venas. Así que me acerqué a Ronald y le dije: «¡Así es Kompton. Y que no se te olvide!»

Ronald empezó a balbucear argumentando que no sabía que Mike y yo éramos amigos. En ese momento le prometió a Mike que jamás volvería a molestarme.

Me encanta esa historia. No solo porque pude conservar todos mis dientes, sino porque ilustra muy bien la batalla que Jesús pelea por mí. Con él a mi lado, no debo preocuparme más de las humillantes derrotas.

PASO 4: «NO CEDAS NI UN MILÍMETRO ANTE LA LUJURIA».

No me malentiendas. Cristo te da poder para pelear la batalla contra la lujuria. Pero el hecho de tener acceso a su poder no te garantiza la victoria. Cristo no va a pelear la batalla por ti. Es tu responsabilidad asegurarte de no ceder ni un milímetro ante la lujuria.

Es muy sencillo caer en la trampa de pensar que un pequeño pecadito no te va a hacer daño. Que hojear unas cuantas páginas de alguna revista erótica no es gran cosa. Que navergar en Internet y compartir fantasías sexuales en el chat no es dañino. Sin embargo, el apóstol Pablo rechaza por completo esa forma de pensar en Romanos 6:16. Detengámonos en su advertencia: «¿Acaso no saben ustedes que, cuando se entregan a alguien para obedecerlo, son esclavos de aquel a quien obedecen? Claro que lo son, ya sea del pecado que lleva a la muerte, o de la obediencia que lleva a la justicia».

En última instancia, vas a demostrar con tus acciones quién es tu amo. Si le das un pequeño bocadillo a tu lujuria, te va a pedir más. Y con el tiempo, se va a convertir en tu amo. Por otro lado, si le entregas tu vida a Cristo, él se convertirá en tu Señor.

HAGÁMOSLO PERSONAL

1. ¿Alguna vez te dijeron que si hacías ciertos cambios en tu modo de ser y en tu estilo de vida, la gente te querría más? Si fue así, ¿cómo te sentiste ante la propuesta de ser aceptado *condicionalmente*?

2. ¿Qué cosas recuerdas sobre la transformación que ocurrió en ti cuando comenzaste a seguir a Cristo?

3. ¿Qué estrategia podrías usar para recuperar esos milímetros que le has cedido a la lujuria en tu vida?

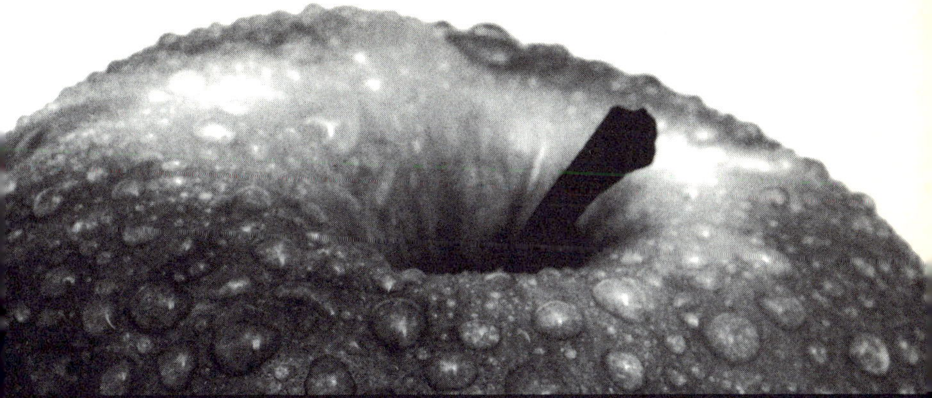

CAPÍTULO NUEVE
ROMPER EL CICLO DE LA TENTACIÓN

La Biblia tiene muchísimos años. Es viejísima. ¿Cuánta ayuda puedo recibir de ese libro para afrontar las tentaciones que tengo en este siglo?

—Diego

Jesús dijo que ni siquiera teníamos que pensar en el sexo cuando miráramos a una mujer, a menos que fuera nuestra esposa, ¿no es cierto? Pero, ¿lo has intentado alguna vez? ¡Es imposible!

—Bobby

No hay nada malo en juguetear un poco, mientras no vayas demasiado lejos.

—Willy

Posiblemente eres muy joven para recordar la Guerra de las Malvinas. Tendrías que ser un estudioso, de lo contrario sabrás muy poco del tema. Comparada con las guerras mundiales o con la de Vietnam, fue una de las más pequeñas. Una batalla por el control de las islas Malvinas entre la Gran Bretaña y la Argentina, que tuvo lugar en 1982.

La Marina Real Británica entró a la batalla confiadamente. Cada barco estaba equipado con un sofisticado sistema de defensa que detectaba los misiles enemigos y los destruía antes de que pudieran hacerle algún daño. En los primeros días de la guerra, el sistema funcionó increíblemente bien. Un sin número de ataques argentinos fueron rebatidos sin que le hicieran mella a los barcos ingleses.

Pero entonces, lo impensable sucedió. Un solo misil disparado desde un avión argentino, de algún modo logró esquivar todos los sistemas de defensa. Y explotó en medio del casco del *HMS Sheffield*, un destructor inglés de más de 3500 toneladas, provocando su hundimiento.

Más tarde supimos si el hundimiento había tomado por sorpresa a la Marina Británica o no, gracias a una investigación posterior sobre el incidente que dejó perplejos a todos. Los investigadores descubrieron que las defensas del destructor inglés habían detectado el misil que se dirigía hacia él. La computadora había identificado correctamente el ataque de un *Exocet* de construcción francesa.

El problema fue que la computadora estaba programada para ignorar cualquier misil *Exocet* ya que se consideraba amigo, por pertenecer al gobierno francés. La computadora había fallado al no darse cuenta de que, a pesar de ser un misil francés, provenía de un avión argentino. De esa forma, el barco se hundió a causa de un proyectil que había sido detectado, un misil que perfectamente pudo haber destruido.

A veces me da la impresión de que los chicos que desean ser sexualmente puros en una sociedad demasiado estimulada en cuanto lo sexual como esta, se parecen a esos grandes barcos de guerra navegando a mar. Afrontan el constante bombardeo de misiles con forma de tentación sexual que apuntan a destruir su pureza.

Y como si fuera poco, se ven forzados a confiar en un sistema de defensa que se da el lujo de permitir que a menudo ciertos misiles penetraran sus mentes, algunos de los cuales son bombas que se ven venir y que podrían detenerse.

Afrontémoslo, nos encontramos en territorio hostil. Si eres un joven que vive inserto en la cultura moderna, no puedes escapar del impacto que significa verte rodeado de tentaciones sexuales. Y lo que es aún peor, muchos expertos te dicen que ni siquiera deberías *intentar* huir de esos deseos. Ellos quieren hacerte creer que es saludable darle luz verde a los apetitos sexuales, no importa lo que ello implique.

¿No sería genial tener un sistema de defensa contra la tentación sexual a prueba de tontos? ¿Tal vez un campo de fuerza que detecte los impulsos sexuales e impida que entren en tu cabeza?

Hasta que los científicos inventen este aparato antitentación, la responsabilidad de proteger tu pureza sexual depende de ti. Tendrás que desarrollar un sistema de defensa personal que te ayude a identificar y evadir la cantidad de situaciones peligrosas que nuestra sociedad te lanza.

Sin embargo, para poder desarrollar un procedimiento así, es preciso comprender lo que llamo el *ciclo de la tentación.*

EL CICLO

Cuando era chico, una vez mi papá me dijo: «La erección no tiene conciencia». ¡Cuánta razón tenía! Cuando la lujuria toca a la puerta se pierde toda conciencia del bien o del mal. Uno sacrificaría cualquier cosa, lo que fuera, por un momento de placer sexual.

El voto que hiciste con Dios de mantenerte puro no le importa en lo más mínimo a tu lujuria. Recuerda, es un asunto de saber quién es tu señor, tu amo. Si eres controlado por el pecado, nunca serás capaz de obedecer a Dios. El apóstol Pablo dijo: «La mentalidad pecaminosa es enemiga de Dios, pues no se somete a la ley de Dios, ni es capaz de hacerlo. Los que viven según la naturaleza pecaminosa no pueden agradar a Dios» (Romanos 8:7-8).

En el capítulo 8 mencioné que si confías en que Cristo vive en ti, tu naturaleza pecaminosa no tiene poder sobre ti. Pero eso no significa que esa naturaleza carezca de poder y muera. ¡Ah no! No se va a rendir sin darte una buena pelea. De hecho, nunca se irá. Siempre estará merodeando en las sombras, buscando la menor oportunidad, cualquier grieta por la que infiltrarse una vez más en tu vida.

Sin embargo, hay un secreto que debes conocer acerca de tu naturaleza pecaminosa y lujuriosa: resulta muy predecible. Siempre ataca tu cerebro de la misma forma. Santiago, autor de uno de los libros del Nuevo Testamento, conocía muy bien el proceso. De hecho, él confeccionó una especie de mapa que describía la batalla que enfrentamos contra la lujuria y la dividió en cuatro fases. Yo lo llamo el *ciclo de la tentación.* Cuanto mejor entiendas este proceso, más preparado te encontrarás para pelear.

PRIMERA FASE: LA INCITACIÓN

Santiago 1:14 dice: «Cada uno es tentado cuando sus propios malos deseos lo arrastran y seducen». Tal vez sepas que la expresión *arrastrar* también se utiliza en la pesca. Santiago lo ilustra con la imagen de un pez que es arrastrado fuera de su zona de seguridad gracias a una carnada tentadora.

Los pescadores expertos saben exactamente dónde nadan los peces grandes y la manera de capturarlos. Mark, un amigo mío, es un gran pescador. Él ha pasado mucho tiempo localizando los mejores lugares para pescar en la costa del Pacífico.

Una mañana muy temprano, mi hijo mayor, Ryan, y yo nos subimos al auto de Mark. Él nos iba a enseñar cómo pescar peces verdaderamente grandes. Después de conducir por algunas horas, llegamos a la orilla de un río en una región apartada del estado de Oregon. Anduvimos un rato sobre un camino pedregoso hasta llegar a un arroyo en la montaña.

«Hay muchas truchas allí», dijo Mark, mientras señalaba la parte profunda de las aguas que se movían lentamente debajo de nosotros. »Pongan las carnadas en los anzuelos de la misma forma en que lo voy a hacer yo, y después tírenlos al agua. Pescarán algo en cualquier momento».

En menos de un minuto, en la caña de pescar de Ryan picó algo. El pez se movía y trataba de escapar con la carnada. Mi hijo tiró con fuerza ¡y sacó del agua una trucha de un metro de largo!

«¡Vaya!», exclamó, «¡miren esto!» Una hora después habíamos pescado cuatro peces. El de Ryan pesaba casi diez kilos.

Mark es un pescador profesional que podría ganarse la vida como guía de pesca. Él sabe dónde y cómo encontrar las mejores piezas. Conoce perfectamente cómo escoger la mejor carnada y cómo ponerla en el anzuelo, frente al pez, para atraerlo y atraparlo.

Incapaz de ver el anzuelo que se encuentra cubierto por la carnada, el pez es cautivado por el atractivo de lo que tiene delante. Inclusive el más viejo y experimentado de los peces es vulnerable ante un buen cebo.

¿Cómo reacciona un pez ante la tentación?

1. Nada alrededor de la carnada.
2. Se convence de que no existe peligro.
3. Se dice a sí mismo que no lo atraparán.
4. Finalmente se persuade de que puede tomar la carnada sin caer en el anzuelo.

¿Te resulta familiar?

Eso es lo que les sucede a los jóvenes en la primera fase del ciclo de la tentación. Piénsalo. Te topas con una imagen sensual, ya sea de un anuncio de televisión, de un afiche en la habitación de tu amigo que muestra a una mujer desnuda, o al ir a la playa y ver chicas en bikini.

Sea cual fuere la imagen, se trata de un anzuelo, de algo que hace que tu naturaleza lujuriosa se levante y diga: «¡Vaya, eso sí que se ve bien! ¿No te gustaría probar un poco? Vamos, ¡anímate! Después de todo, eso es lo que los varones hacen».

El objetivo, desde luego, es atraerte y seducirte para que salgas de tu zona de seguridad. Para hacerte caer en las mentiras de tu deseo y convencerte de que puedes jugar con la carnada sin caer en el anzuelo.

Esa es la fase en la que se desata la batalla más difícil. Es preciso que te atrapes a ti mismo cuando sueñas despierto con la pornografía. O cuando fantaseas con alguna chica del vecindario o de la iglesia. O cuando haces cualquier otra cosa que estimule tus deseos. Es imprescindible que aprendas a cambiar la marcha de tus pensamientos en un abrir y cerrar de ojos.

Si quieres un ejemplo de la mejor manera en la que puedas manejar esta primera etapa del ciclo de la tentación, busca Mateo 4 en tu Biblia. Ahí es donde encontrarás la historia de cuando Satanás tentó a Jesús en el desierto.

Obviamente Satanás es un profesional de profesionales cuando se trata de tentarnos. Él sabía exactamente por dónde atacar a Jesús. ¡Jesús no había comido durante cuarenta días! Así que el diablo quiso tentarlo para que convirtiera las piedras en pan. Trató de aprovecharse de la profunda necesidad de alimentarse que Jesús tenía.

Nadie hubiera culpado a Jesús por considerar la idea de Satanás. Imagina lo hambriento que debió haber estado. Pero Jesús no le dio tiempo a la tentación de instalarse en su cerebro. Si lees la historia, te darás cuenta de que no hubo ningún espacio entre la tentación de Satanás y la respuesta que le dio el Señor. Jesús de inmediato citó las Escrituras para darle un portazo en las narices al ataque de Satanás.

Esa es la clase de alerta mental que necesitas para defenderte de las tentaciones sexuales. «Dispónganse para actuar con inteligencia; tengan dominio propio; pongan su esperanza completamente en la gracia que se les dará cuando se revele Jesucristo». Esas son las palabras del apóstol Pedro en su primera carta (1 Pedro 1:13).

Si quieres deshacerte de la tentación en la fase de incitación, y créeme que es lo mejor, tienes que estar preparado. Deberás tener dominio propio y permanecer enfocado en Cristo.

No hay mejor manera de equiparte para la batalla que memorizar las Escrituras. La Biblia fue el arma que Jesús utilizó contra la tentación de Satanás. Si fue suficiente buena para él, definitivamente es buena para nosotros.

He notado que el memorizar la Biblia, especialmente grandes porciones de ella, me proporciona un lugar firme y seguro en el que concentrarme cuando soy tentado. Para cuando termino de repasar y decir en voz alta varios versículos, mi espíritu se ha fortalecido y mi mente se ha aclarado.

Dios usa la Biblia para exponer ante nuestros ojos el peligro que esconde la carnada. Al pez le parece que el cebo es verdadera comida. Genera una ilusión de ser algo que no es. De una forma parecida, el objeto de nuestra lujuria nos proporciona una ilusión de intimidad. No solo nos otorga placer, sino que además promete llenar el vacío que existe dentro de nosotros. Memorizar la verdad de las Escrituras nos ayuda a ver esa ilusión como lo que verdaderamente es.

Un beneficio extra de memoraizar las Escrituras es el hecho de que uno solo puede concentrarse en una cosa a la vez. Mientras te encuentras repasando mentalmente los versículos, tu mente no tiene tiempo para jugueteos sexuales.

SEGUNDA FASE: LA CONCEPCIÓN

Santiago 1:15 dice: «Luego, cuando el deseo ha concebido, engendra el pecado». Notemos que Santiago cambia la figura de la pesca por la de la maternidad. Aquí la idea central es que los pensamientos lujuriosos pueden dar vida. Las semillas que fueron plantadas por la tentación empiezan a echar raíces y a crecer.

La mala noticia es que una vez que la lujuria alcanza esta fase, generalmente no se puede detener. Aquí es cuando comienzan los rituales. ¿Recuerdas que hablamos de los rituales en otro capítulo del libro? Son las cosas que hacemos antes de caer en lo verdaderamente pecaminoso.

En la oración del Padrenuestro, Jesús nos enseña a pedirle a Dios que nos niegue la oportunidad de pecar cuando tengamos deseos de hacerlo. Cuando el deseo de pecar y la oportunidad de pecar se encuentran, nos hallamos en graves aprietos.

No siempre podrás controlar tus deseos, pero sí eres capaz de controlar las oportunidades con las que te enfrentas. Eso lo lograrás si te deshaces de los rituales. Es crucial que durante los momentos de fortaleza y lucidez tomes medidas drásticas que te ayuden en el tiempo de debilidad.

Dependiendo de los caminos por los que te conduzca la lujuria, tus rituales pueden ser:

- Navegar por Internet.
- Dirigirte a cierta sección prohibida en la tienda de videos.
- Llamar a una chica que sabes que seguramente te dirá que sí.
- Ver televisión a altas horas de la noche.
- Chatear en ciertos foros no aptos.

Cada uno de nosotros tiene diferentes rituales. Y si estás determinado a liberarte de la esclavitud de los deseos sexuales, tendrás que identificar los tuyos. Haz una lista de las cosas que sueles hacer para incrementar el placer de tus impulsos sexuales. Sé sincero y veraz cuando hagas la lista. No dejes nada afuera.

Una vez que tu lista se encuentre completa, será el momento de hacer una lluvia de ideas acerca de cómo terminar con esos rituales. Ese es el momento en el que tendrás que ser despiadado. Haz lo que tengas que hacer para mantenerte fuera de esos rituales. El conservar tan solo un ritual hará que los deseos permanezcan vivos y listos para atacarte nuevamente.

Si tienes un televisor en tu cuarto, sácalo. Niégate a ver televisión después de las diez de la noche, a menos que tus padres estén contigo. Mantén la puerta de tu cuarto abierta en *todo* momento. No te acerques al estante de revistas cuando vayas a la tienda. Si tus rituales tienen que ver con la pornografía en Internet, visita el sitio www.millionmightymen.com y haz click donde dice *Covenant Eyes* [Ojos de alianza]. Ellos ofrecen un programa que lleva un registro imborrable de todos los sitios que tu computadora visita. Además, le envían correos electrónicos a dos personas que tú elijas para que tengan acceso a ese registro. Esas personas pueden ser tu líder de jóvenes o algún amigo cristiano maduro. El saber que alguien más está al tanto de los sitios que visitas, constituye una herramienta poderosa para controlar Internet.

Si te parece que esas ideas son un tanto extremas o innecesarias para ti, tal vez estas subestimando el poder que tienen los rituales. Y si haces eso, te encaminas directamente a la fase 3.

TERCERA FASE: EL NACIMIENTO

Me imagino que ya conoces todo el cuento de las abejas y las flores ¿no? Entonces sabrás, que el nacimiento es el paso que le sigue a la concepción. En lo que concierte a tu lujuria, si sueñas con algo el tiempo suficiente (si lo planificas), terminarás llevándolo a cabo. Habrás mordido el anzuelo.

CUARTA FASE: LA MUERTE

Santiago 1:15 explica cómo se completa el ciclo: «Luego, cuando el deseo ha concebido, engendra el pecado; y el pecado, una vez que ha sido consumado, da a luz la muerte». Eso no es lo que la lujuria te susurra ahora. Tus deseos te prometen vida, alegría, placer e intimidad. Pero esta no es la forma en que las cosas realmente funcionan.

En vez de vida, la lujuria trae muerte. En lugar de alegría, los deseos desordenados acarrean vergüenza. En vez de placer, el dar lugar a los impulsos sexuales implica dolor. En vez de proporcionar intimidad, la lujuria da una ilusión de intimidad.

El comportamiento sexual pecaminoso siempre termina mal. Pregúntale al rey David. Después de su aventura con Betsabé, él asesinó al esposo de ella. Tiempo después, el niño que nació producto de esa aventura, murió.

Pregúntale a Sansón. Luego de sus amoríos con Dalila, perdió sus ojos y su posición como líder de toda la nación israelita.

Pregúntales a los hombres que aparecen en los diarios, acusados de algún caso de prostitución. Ellos sacrificaron su familia y su reputación por no ser capaces de decirle que no a su lujuria.

Nadie se escapa de las consecuencias que acarrea la compulsión sexual. ¡Nadie! Se paga un alto precio cuando desobedecemos a Dios con nuestros cuerpos. Por desgracia, muchos jóvenes no se dan cuenta de esto hasta que es demasiado tarde.

No dejes que te hiera a ti también. No te conviertas en víctima de tus deseos incontrolables. Utiliza lo que sabes acerca del ciclo de la tentación para destruir el poder que la lujuria ejerce sobre ti. Aléjate de la carnada, no importa lo atractiva que se vea. Evítate el dolor del anzuelo.

HAGÁMOSLO PERSONAL

1. ¿Cuándo fue la última vez que tu lujuria te hizo olvidar el compromiso que tenías con Dios? ¿Cómo te sentiste después ante ese compromiso?

2. ¿Cuántos versículos de la Biblia sabes de memoria? Menciona tres que crees que pueden ayudarte en la batalla contra la tentación sexual.

3. ¿Qué ritual consideras que te resultará más difícil de eliminar en tu vida? ¿Qué tendrías que hacer para poder deshacerte de él?

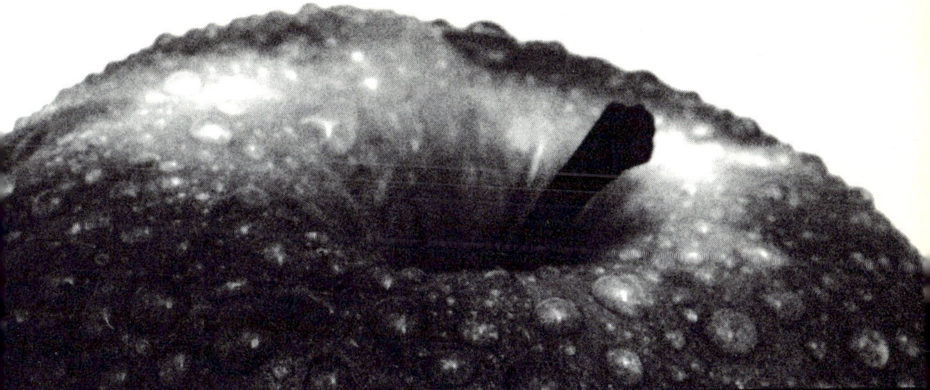

CAPÍTULO DIEZ
NEGOCIAR ESAS COSAS DIFÍCILES

Me porte muy bien durante un mes. Y una tarde estaba tan aburrido que bueno… tú sabes. No creo poder volver a tener una racha como esa.

—Marcos

Sé que Dios me ha perdonado por las cosas que he hecho, pero aún me siento como basura cuando pienso en ello.

—Cristian

Es imposible dejar de pensar en sexo todo el tiempo.

—Omar

Mi vecino Ernie es fanático de las herramientas. Su garaje es un paraíso para todos los que comparten su afición. Puedes encontrar todo tipo de herramientas según su tamaño, uso, modelo. Si existe, es muy probable que Ernie la tenga.

Hace varios años descubrí lo útil que podía resultar la colección de herramientas de mi vecino. Mi plan era sacar el viejo fregadero de mi cocina y reemplazarlo por uno nuevo. Mientras quitaba la manguera que alimentaba de agua al fregadero, me dije a mi mismo que este trabajo me iba a tomar, como mucho, treinta minutos. Después de todo, era un procedimiento muy simple. ¿Qué podría retrasarme?

Resultó ser que el diminuto espacio entre el fregadero y la pared logró exactamente eso. Lo intenté desde todo ángulo posible, pero simplemente no era capaz de hacer que la llave que estaba utilizando entrara por ahí para aflojar el viejo fregadero.

Como te podrás imaginar, no fue una de las experiencias más espirituales de mi vida *(si alguna vez has tenido que atravesar una situación así, sabrás de lo que estoy hablando).* Justo cuando estaba a punto de darme por vencido y hacer lo impensable, llamar a un plomero, recordé a Ernie y su emporio de herramientas frente a mi casa.

Ernie sonrió cuando le conté mi problema. «Tengo un juego de herramientas de plomería que fueron hechas exactamente para esa clase de trabajo», me dijo. Sacó de una gaveta una caja nueva, aún conservaba el plástico de fábrica, y me la entregó diciendo: «Este es un juego de extensiones de llaves. Serás el primero en usarlo. ¡Sabía que serían de utilidad algún día!»

Tres minutos más tarde había sacado el primer tornillo. De repente, el trabajo que me iba tomar varios días se convirtió en un juego de niños. La herramienta correcta resolvió el problema causado por una esquina estrecha.

TU CAJA DE HERRAMIENTAS

No eres ingenuo. Sabes que si te comprometes a ser sexualmente puro vas a enfrentarte a momentos muy duros. En ocasiones sentirás que te encuentras en lugares estrechos, y no importa cuánto lo intentes, no serás capaz de encontrar el modo de zafarte de esa situación.

La tentación, la desilusión, la duda y los reveses pueden comenzar a hacerte creer que no tendrás éxito en este asunto de la pureza sexual. Si la situación se pone realmente complicada, puede que te sientas tentado a tirar la toalla y decir: «Olvídalo, me rindo».

Es en ese momento que este capítulo va a resultarte útil. Piensa en estas últimas páginas del libro como en una caja de herramientas. Están llenas de herramientas diseñadas para ayudarte a salir del paso cuando te encuentres en lugares estrechos. Al leer este capítulo, toma un lápiz y señala aquellas herramientas que crees que pueden resultarte ventajosas. Porque con seguridad desearás encontrarlas rápidamente cuando las necesites.

HERRAMIENTAS

CALENDARIO

Un día a la vez. Esa es la forma en la que debes encarar este compromiso de pureza sexual. No pienses en renunciar a tus pecados sexuales durante un año entero. Ni siquiera durante un mes. Ni aun por una semana. Debes comenzar cada día con un nuevo compromiso. Tienes que decirte a ti mismo que no vas a alimentar tu lujuria durante las próximas veinticuatro horas. Y cuando ese lapso termine, deberás hacer lo mismo otra vez.

Al tiempo que lo haces, puedes monitorear tu progreso con un calendario. Si logras terminar el día sin ceder a la lujuria, ¡márcalo en el calendario! Si tropiezas y caes, señálalo en tu calendario también. Trata de ser lo más específico posible en cuanto a las circunstancias que provocaron tu caída.

Con el tiempo, empezarás a descubrir el patrón de tentación que aparece en momentos específicos de la semana, el mes o el año. También notarás que algunas situaciones particulares te afectan más que otras.

Una vez que seas consciente de cuáles son los patrones que operan en tu vida, y que los tengas registrados en tu calendario, serás capaz de anticipar los momentos en los que eres más vulnerable. Y si puedes anticipar las grandes tentaciones, podrás prepararte y hallar formas eficaces de sobrellevarlas.

SALVAGUARDA CONTRA TUS RITUALES

¿Recuerdas las listas que te pedí que confeccionaras en el capítulo 9? ¿Aquellas en las que debías identificar los rituales que te llevan a pecar y la lluvia de ideas para encontrar el modo de escapar de ellos? Tienes que conservar esas listas a mano.

Si de verdad quieres vencer tu conducta sexual compulsiva, tendrás que tener tu salvavidas a mano. Debes ser capaz de reconocer las circunstancias, conversaciones y relaciones que disparan tu lujuria. Y para cada detonante que identifiques necesitarás una salvaguarda: un plan de acción para quitarlo de tu vida.

SALUDABLE DIÁLOGO CONTIGO MISMO

Cuanto peor te sientas contigo mismo, más posibilidades habrá de que la lujuria corra libremente por tu vida. Así que puedes apostar a que tu naturaleza pecaminosa intentará llenar tu mente de vergüenza y de sentimientos de odio hacia ti mismo. ¡No se lo permitas! Combate tus pensamientos negativos con pensamientos saludables basados en la Biblia. Si no estás seguro de cómo hacerlo, comienza repitiendo esta frase en voz alta unas cuantas veces al día: *«Dios me ama incondicionalmente, y hoy acepto su amor y me acepto a mí mismo»*.

Cuanto más lo digas, más pronto lo creerás. Cuanto más pronto lo creas, más pronto actuarás como si fuera verdad.

UN ALIADO EN LA BATALLA

Existe un viejo dicho que reza: *Ningún hombre es una isla*. La intención de Dios nunca fue que viviéramos aislados. Él nos hizo seres sociales. Ya sea que lo admitamos o no, la verdad es que necesitamos el aporte de otras personas en nuestra vida. Además, aquellos que luchamos contra la compulsión sexual, tenemos la responsabilidad de cuidarnos unos a otros.

Necesitas un amigo que te ame y te acepte. Un amigo que ore por ti y te diga la verdad de frente. Alguien con el que compartir tus más oscuros secretos. Un amigo en el que confíes y que sepa respetar la confidencialidad. Una persona que no se vaya a desilusionar de ti cuando sepa lo que has hecho. Pero además de eso, precisas un amigo que no haga la vista gorda cuando llegue el momento de que asumas la responsabilidad por tus acciones. Necesitas un amigo que sea un creyente maduro en Cristo, que conozca la Biblia. Alguien que sepa lo que es batallar contra la lujuria ... y vencer.

Si no tienes a nadie que pueda desempeñar ese rol, habla con algún líder varón de la iglesia. Es posible que él pueda recomendarte a alguien. Inclusive él mismo podría ser esa persona.

Una vez que tengas a tu aliado en mente, habla con él. Coméntale con toda sinceridad tus luchas y fracasos. Ayúdalo a entender los rituales y malos hábitos de tu vida. Dale toda la información que él necesite para ayudarte a evitarlos. Recuerda, cuanto más franco y abierto seas con tu aliado, más podrá ayudarte.

ESPERANZA PACIENTE

No olvides que te has anotado en una maratón, no en una carrera de cien metros llanos. Después de algunos días o semanas de mantenerte puro, es posible que tu lujuria regrese con sed de venganza. Vencer la compulsión sexual requiere mucho tiempo, algunas veces toda la vida.

Saber esto de antemano te ayudará a evitar el desaliento y la depresión que vienen a menudo cuando uno tiene un revés. Si realmente te quieres hacer un favor, memoriza las palabras de aliento de

Isaías 40:31: «Pero los que confían en el Señor renovarán sus fuerzas; volarán como las águilas: correrán y no se fatigarán, caminarán y no se cansarán».

DOLOR

El dolor no es tu enemigo. No, cuando estás tratando de liberarte de la lujuria. En realidad, el sufrimiento es una herramienta que puede fortalecerte. Recuerda, el huir del dolor (de cualquier tipo) es lo que probablemente te ha hecho tan vulnerable a tus impulsos sexuales. Cuanto más intentes sepultar tu pena, más te hundirás en la lujuria.

En lugar de huir del dolor, móntate sobre él como si fuera una ola sobre la que estás surfeando. Poco a poco tus ansias por tapar ese dolor con sexo se irán desvaneciendo. Y serás un poco más fuerte la próxima vez que venga la corriente.

Si te sirve de consuelo, puedes recordarte a ti mismo que nadie pasa por esta vida sin experimentar su ración de dolor. Observemos la descripción que hace Pablo en 2 Corintios 12:7-9 acerca de su intenso sufrimiento (o como él lo llama «una espina en el cuerpo»). No estamos seguros de qué es lo que le causó ese dolor a Pablo, pero sabemos que sufrió terriblemente. En tres ocasiones le imploró a Dios que le quitara ese dolor. Y en tres oportunidades Dios se lo negó porqué tenía otros planes para él. En lugar de quitar la causa de los dolores de Pablo, Dios le dio una porción extra de gracia para fortalecerlo.

¿Sabes cómo reaccionó Pablo ante el plan de Dios? Míralo tú mismo en 2 Corintios 12:9-10: «Por lo tanto, gustosamente haré más bien alarde de mis debilidades, para que permanezca sobre mí el poder de Cristo. Por eso me regocijo en debilidades, insultos, privaciones, persecuciones y dificultades que sufro por Cristo; porque cuando soy débil, entonces soy fuerte».

Pablo aprendió a confiar en la gracia de Dios cuando estaba sufriendo. Su dolor nunca desapareció, pero su fortaleza indudablemente aumentó. Y eso fue más que suficiente para ayudarlo.

La misma gracia está disponible para ti. Cuando te encuentres sufriendo, pídele a Dios que te dé la gracia que necesitas para salir adelante. Ruégale que te muestre su fortaleza en medio de tu debilidad.

LISTAS DE CONSECUENCIAS Y BENEFICIOS

¿Recuerdas las listas que te pedí que confeccionaras en el capítulo 7? ¿Aquellas en las que señalaste las consecuencias de ceder ante la lujuria y los beneficios de mantenerte sexualmente puro? Tendrás que tenerlas a mano. Debes ser capaz de remitirte a ellas cuando sientas que comienzas a deslizarte, y descubrir por ti mismo que el placer de ceder ante tu lujuria dura apenas unos cuantos minutos, pero las consecuencias pueden permanecer toda la vida.

LÁGRIMAS

Llorar no es algo que la mayoría de los varones hagan en público (excepto algunos profesionales del cine). Algunos chicos ni siquiera lloran cuando están solos. Consideran que las lágrimas son una evidencia de debilidad. Para ellos, llorar es propio de las mujeres.

¡Qué lástima! Las lágrimas limpian el cuerpo y el alma. Si las retienes, construirás una represa en el arroyo de tus emociones. Y esa corriente tiene que fluir con libertad para que tu corazón se mantenga puro.

Jesús no era un duro cuando de llorar se trataba. Cuando vio a sus amigas Marta y María llorar por la muerte de su hermano Lázaro, él también lloró.

Al pensar en el dolor que has sufrido en tu vida, probablemente necesites llorar. La desilusión cobra una cuota muy alta. Así que deja que tus emociones fluyan. Dios te comprende. Y mientras lloras, imagina a Jesús envolviéndote en sus brazos.

PERDÓN

El perdón es como el destornillador *Phillips* de tu caja de herramientas. ¡Vas a necesitarlo muy a menudo! Existen tres dimensiones del perdón que tendrás que utilizar.

1. HALLAR PERDÓN

No importa lo que hayas hecho ni cuantas veces lo hayas hecho, Dios te ofrece perdón. Ningún pecado es demasiado perverso u ofensivo para descalificarte e impedirte recibir su perdón.

Si Dios te ha perdonado, tienes que perdonarte a ti mismo. Deja de castigarte por los pecados pasados. Recuerda: Jesús pagó por tus pecados con su vida. Él llevó el castigo que tú merecías. Tres días después resucitó, dejando enterradas para siempre tus culpas y vergüenza. ¿Por qué querrías desenterrarlas otra vez?

2. OFRECER PERDÓN

Una vez que has recibido el perdón de Dios, tienes la responsabilidad de perdonar a aquellas personas que te han lastimado. Si no lo haces, estarías diciendo que tus exigencias son más altas que las de Dios mismo. Y eso no es una buena idea.

Perdonar a aquellos que alguna vez te lastimaron es algo difícil de hacer, especialmente si las heridas fueron profundas y aún permanecen abiertas. Pero esas heridas nunca sanarán, a menos que las limpies perdonando a aquellos que te las inflingieron.

«Algunas cosas no se pueden perdonar», podrías decir. «No sabes lo que me han hecho».

Estás en lo correcto. No lo sé. Siento mucho que hayas tenido que sufrir. Sin embargo, si has leído en la Biblia los últimos momentos de la vida de Jesús, o has visto la película *La pasión de Cristo,* descubrirás que ni tú ni yo hemos experimentado la brutalidad que padeció Jesús. Sin embargo, en Lucas 23:34, él ofreció su perdón a aquellos que lo estaban matando.

Existe una diferencia importante entre el perdón y la reconciliación. La reconciliación solo puede darse cuando la persona que ha lastimado a otra reconoce esto y busca el perdón. Pero aunque la reconciliación no se dé, aún es preciso perdonar. Es posible que perdones a alguien sin que nunca te reconcilies con él.

Una vez que le pidas a Dios que perdone a las personas que te han lastimado, cada vez que te acuerdas del dolor que te causaron, ora por ellos. No hay mejor forma de deshacerse de la amargura y el rencor que la oración.

3. PEDIR PERDÓN

Si has lastimado a alguien en el intento de satisfacer tu lujuria, tienes que pedirle perdón. Sin embargo, antes de hacerlo, piensa muy bien que vas a decir. No te limites a lanzar un rápido «Lo siento», dar media vuelta y dejarlo así. Sé sincero y ve derecho al grano. Di algo como: «Me doy cuenta de que te he lastimado cuando yo .... Lo siento muchísimo. ¿Podrías perdonarme?»

No te puedo garantizar que vayas a ser perdonado. Las personas que han sido heridas generalmente sospechan de las disculpas y los intentos de reconciliación. Algunos directamente te dirán que jamás te perdonarán. Si eso ocurre, no intentes persuadirlos o discutir al respecto. Solo diles que lo entiendes y que lamentas lo que sucedió.

Debes saber algo importante. Si has lastimado a alguien sin que esa persona lo haya notado, tendrás que escoger una estrategia diferente. Por ejemplo, si has fantaseado con alguna chica de la escuela. No tenías el derecho a hacerlo, y la viste como un «cuerpo» nada más para satisfacerte a través de la masturbación. Sería muy imprudente de tu parte ir donde ella, confesarle todo, y luego pedirle perdón. Es más recomendable pedirle perdón a Dios, perdonarte a ti mismo y dejar ese mal hábito.

Por otro lado, si es que usaste alguna chica para besarla o tocarla como no debías, entonces sí debes ir y pedirle perdón. Eso es algo que la chica indudablemente recuerda.

MEDITACIONES BÍBLICAS

Esta es una de mis herramientas favoritas. Nada me ayuda más a mantenerme en pureza sexual que el memorizar y meditar versículos de la Biblia que aborden el tema de mis luchas y emociones.

¡Inténtalo! Si no sabes por dónde empezar, te doy una lista de de diez posibilidades.

TENTACIÓN

«Ustedes no han sufrido ninguna tentación que no sea común al género humano. Pero Dios es fiel, y no permitirá que ustedes sean tentados más allá de lo que puedan aguantar. Más bien, cuando llegue la tentación, él les dará también una salida a fin de que puedan resistir» (1 Corintios 10:13).

«Dichoso el que resiste la tentación porque, al salir aprobado, recibirá la corona de la vida que Dios ha prometido a quienes lo aman. Que nadie, al ser tentado, diga: "Es Dios quien me tienta". Porque Dios no puede ser tentado por el mal, ni tampoco tienta él a nadie. Todo lo contrario, cada uno es tentado cuando sus propios malos deseos lo arrastran y seducen. Luego, cuando el deseo ha concebido, engendra el pecado; y el pecado, una vez que ha sido consumado, da a luz la muerte» (Santiago 1:12-15).

ANSIEDAD

«No se inquieten por nada; más bien, en toda ocasión, con oración y ruego, presenten sus peticiones a Dios y denle gracias. Y la paz de Dios, que sobrepasa todo entendimiento, cuidará sus corazones y sus pensamientos en Cristo Jesús» (Filipenses 4:6-7).

MALOS PENSAMIENTOS

«Por último, hermanos, consideren bien todo lo verdadero, todo lo respetable, todo lo justo, todo lo puro, todo lo amable, todo lo digno de admiración, en fin, todo lo que sea excelente o merezca elogio» (Filipenses 4:8).

LUJURIA

«Huyan de la inmoralidad sexual. Todos los demás pecados que una persona comete quedan fuera de su cuerpo; pero el que comete inmoralidades sexuales peca contra su propio cuerpo» (1 Corintios 6:18).

PERDÓN

«Si confesamos nuestros pecados, Dios, que es fiel y justo, nos los perdonará y nos limpiará de toda maldad» (1 Juan 1:9).

ORACIÓN

«El Señor está cerca de quienes lo invocan, de quienes lo invocan en verdad» (Salmos 145:18).

«Pidan, y se les dará; busquen, y encontrarán; llamen, y se les abrirá. Porque todo el que pide, recibe; el que busca, encuentra; y al que llama, se le abre» (Mateo 7:7-8).

AUTOIMAGEN

«Por lo tanto, si alguno está en Cristo, es una nueva creación. ¡Lo viejo ha pasado, ha llegado ya lo nuevo!» (2 Corintios 5:17).

«He sido crucificado con Cristo, y ya no vivo yo sino que Cristo vive en mí. Lo que ahora vivo en el cuerpo, lo vivo por la fe en el Hijo de Dios, quien me amó y dio su vida por mí» (Gálatas 2:20).

ORACIÓN

La oración es simplemente hablar con Dios. Es la forma en la que te conectas con aquel que te ha dado su amor y su perdón. Aquel que te da el poder que necesitas para controlar tu lujuria.

Te harás un enorme favor si decides pasar tiempo a solas con Dios para dialogar uno a uno. Algunas páginas atrás vimos que la lujuria ofrece una ilusión de intimidad. Y los varones que andan buscando intimidad intentan encontrarla en experiencias sexuales vacías.

El tiempo de oración con Dios nos brinda la oportunidad de tener *verdadera* intimidad. Cada vez que oras, él te da ocasión de acercarte a él. Y cuanto más tiempo pases en verdadera intimidad, menos deseo tendrás de buscar aquella falsa intimidad.

DIARIO

Llevar un diario es una forma tangible de medir tu progreso (y tus caídas) en la batalla contra la lujuria. Aparta unos minutos de cada día para anotar los acontecimientos clave de esa jornada. Asegúrate de anotar los éxitos y fracasos en la lucha contra la lujuria. Inclusive podrías escribir una oración diaria a Dios. De esa forma podrás revisar las veces en que Dios te ha respondido.

Generalmente son las chicas las que llevan un diario. ¡No permitas que el machismo te venza! Es un sacrificio para aquellos que no están acostumbrados; pero si realmente tienes el deseo de salir del control de la lujuria, harás lo que sea para vencerla, ¿no es así?

UNA ADVERTENCIA FINAL

Quisiera ser capaz de garantizarte que si sigues de corazón los consejos que te doy en este libro, nunca tropezarás en tu búsqueda de pureza sexual. Desafortunadamente no puedo.

Pero sí puedo animarte a que jamás permitas que un fracaso se convierta en el último capítulo de tu historia. Resiste el impulso de decir: «Ahora que fallé, lo mejor sería renunciar a todo». Aprende de tus errores. Y después, ¡vuelve a empezar!

Puedes lograrlo, puedes vivir una vida de pureza sexual. Puedes vencer las tentaciones sexuales. Puedes derrotar la lujuria porque Dios está de tu lado.

HAGÁMOSLO PERSONAL

1. ¿Qué herramientas crees que te resultarán más útiles? ¿Por qué?

2. ¿Quiénes podrían llegar a convertirse en tus aliados para brindarte apoyo? ¿Qué cualidades tienen ellos para ser tus aliados?

3. Después de leer este libro, ¿qué piensas acerca de vivir una vida de pureza sexual?

Nos agradaría recibir noticias suyas.
Por favor, envíe sus comentarios sobre este libro
a la dirección que aparece a continuación.
Muchas gracias.

EditorialVida.com

Vida@zondervan.com
www.editorialvida.com